AF433426

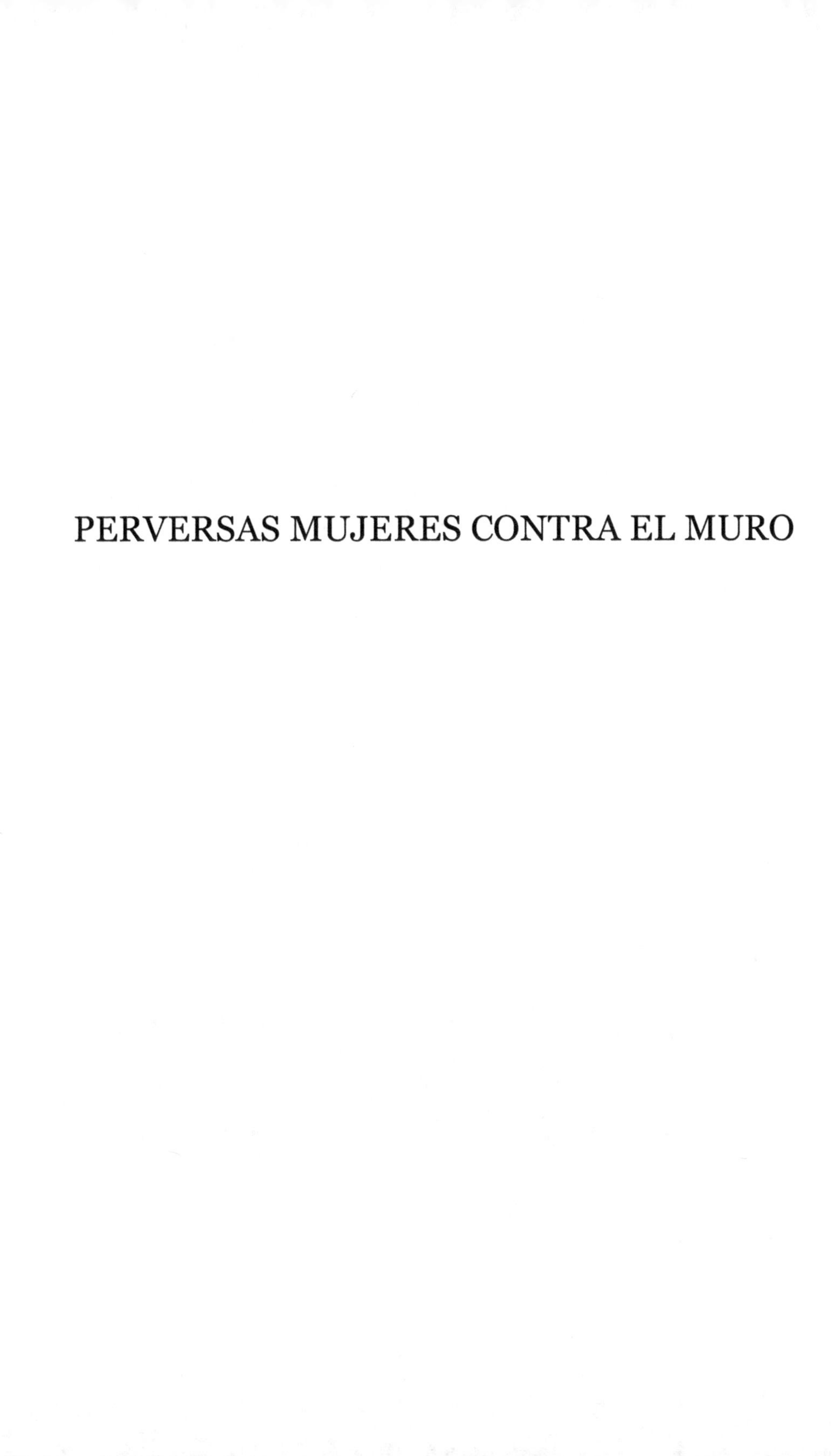

PERVERSAS MUJERES CONTRA EL MURO

PERVERSAS MUJERES CONTRA EL MURO

Odalys Leyva Rosabal

PERVERSAS MUJERES CONTRA EL MURO
Segunda edición, Naples, Florida, 2022
Primera edición, Miami, 2020
© De los textos: Odalys Leyva Rosabal
© Del prólogo: Norge Sánchez
© De las imágenes: Ana Lorena Gamboa Fernández
© De la presentación en décimas: Francisco Henríquez
© De la presente edición: F. E. Cacique Turquino
© De la presente edición: Ediciones Spinner
© Del diseño: Fundación Editorial Cacique Turquino
© De la ilustración de portada: F. E. Cacique Turquino
ISBN: 9798419744790
Edita: Fundación Editorial Cacique Turquino
Email: norgesanchez@gmail,com
https: (facebook) Fundación Editorial Cacique Turquino
Edición y maquetación: F. E. Cacique Turquino

EN LAS AFUERAS DEL PARAISO, DANZAN SUAVEMENTE, PERVERSAS MUJERES CONTRA EL MURO

La narrativa cubana ha mostrado en todos los tiempos, una fuerza que emerge de lo existencial, de las vivencias de los seres humanos, pues los dramas son los mismos, sólo cambia el escenario y es lo que muestra la diferencia. El hombre siempre carga con el madero, en su libertad está quitar esos dolores que le calan dentro. Es la literatura ese camino para soltar esas señales y expulsar la herrumbre.

Desde un pensamiento que se expande a diferentes universos, logra *Odalys Leyva Rosabal*, situarnos frente a odiseas y fortunas, donde la mujer, ya ente universal se enfrenta a los obstáculos; emergen temas como los problemas existenciales, el sentir insular que apuesta por trasgredir los muros: esos muros del agua, del tiempo y esos que sueltan sus porciones y dejan orificios visibles.

La mujer es abordada con diferentes aristas, desde una forma u otra, a todas, la vida las ha llevado a ser perversas, las ventanas se abren y quedan ante nuestros ojos argumentos como la prostitución, el asesinato, la cárcel, las discotecas, la historia, la ficción, la religión y la cruda realidad. El erotismo emerge en cada texto, tratado como una pintura, como si la piel recibiera trazos leves de un pintor, erotismo que también muestra ese descubrimiento que hacen los jóvenes de su cuerpo. La pintura y la música son motivos para ofrecer los placeres del cuerpo.

Los espacios donde se desarrollan estos cuentos son Cuba, Francia, Italia y México, pero desde la picardía de una autora cubana, que se desviste y muestra los laberintos humanos, emancipación del ser, fuerza musical de la sangre que fluye y hechiza a los lectores.

Este es un libro formado por tres capítulos, el primero *«Ciudad de la lujuria»*, el segundo *«La piel y sus laberintos»* y el tercero *«Detrás del campanario»*.

En los cuentos «Onanismo», *«La maestra de francés»*, *«A buen observador mala paga»*, *«Eros se ha vuelto infiel»*, *«Mitilene al fin regresa»* y *«Sueño perverso»*, logra traducir sensualidad, son los personajes seres que aman la belleza anatómica, sin una singularidad marcada, figuras diferentes pero provocadoras, allí la música nos lleva a transitar por el goce, la pintura coloniza, absorbe y lleva al éxtasis.

La segunda parte de este texto: *La piel y sus laberintos*, en ella está el erotismo, rudo, salvaje y enloquecedor, así como la emoción de fuerzas que corroen el alma, se encuentran en cuentos como: *«Un pueblo de héroes»*, *«Camino al paraíso»*, *«Caníbal con evangelio en la carretera»*, *«Discoteca del cabaret Tropical»*, *«Lamentaciones de Karol»*, y *«El Muro una mujer y el tiempo»*.

En la tercera parte, *Detrás del Campanario*, se adentra la autora en la ficción, convida a vivir espacios diferentes, *«El Diablo, una mujer y el niño»*, toca el tema de la religión, un cuento que nos hace deliberar, estos son los espacios más bien del pensamiento, habitaciones del sentido, en el cuento *«Enunciación del hijo»*, tiene sus ápices de terror, es un cuento como para leer de noche y sentir que los pelos se levantan, pero también de manera subrepticia nos da un trago de esa sustancia donde la madre es capaz de morir por los hijos, una madre araña brinda sus ojos brillantes y sedientos, una mujer abre su vientre ante el más ágil de los lectores, en *«Transgresión»*, hace gala de la intemporalidad mueve a su personaje principal de un tiempo a otro, allí está la violación de la mujer, el padrastro malévolo, un mundo de dolor que toca de cerca la locura.

El abuso a la mujer por causas notorias: la sociedad, la vida, el hombre, el destino inconmensurable, el propio maltrato, ese que transforma la psiquis y lleva al ser humano a la autodestrucción. El ángel que se prostituye, la niña que deja de serlo y suelta sus amarras, los amores contrariados, los desazones del semejante, todos suben desde las páginas de este texto y se adentran.

Un toque de humorismo sazona algunas narraciones de este libro, *«El enano de la ciudad de las esculturas»*, *«Piropos»*, *«Didelfos»* y *«Reconcentración»*, son esa zona del compendio donde sonreímos, luego de esos laberintos por donde nos guía Odalys Leyva, y nos invita a buscar el sonido de las fuertes olas, en ese inquieto mar que es la vida.

Los cuentos cortos que aparecen, son como puntillazos para que el lector se interrogue a sí mismo, preocupaciones sobre el Universo, la destrucción del mundo, lo inesperado, el súbito encontronazo con la otredad, las huellas que vislumbran el futuro, vibran en el lago profundo de: *«Sorpresa»*, *«Ajuste de cuentas»*, *«Al fin solos»*, *«Apocalipsis o mal sueño»* y *«Reservorio»*.

La violencia, existe en la literatura universal, es el ingrediente donde los lectores se conmocionan. En el libro *Perversas mujeres contra el muro*, hay acontecimientos tanto verdaderos como ficticios, historias que la autora manipula a su antojo, se recrean ambientes psicológicos con prosa fluida y riqueza idiotemática.

Un hilo de venganza irrumpe, la Ariadna rebelde sale del laberinto, la mujer demonio brinda su licor, se revela con fotografías llenas de matices, ¿tratará de lograr un patrón sensitivo? ¿Nos lleva hasta una especulativa intimidad?

El fisgoneo de los autorretratos, las márgenes de los pequeños pueblos y las grandes ciudades. Los moradores no se cuestionan se presentan. Es la vida que les tocó vivir o la que escogieron, sus ímpetus, sordideces, virtudes, odios y pasiones.

Pudiéramos decir que la escritora traduce el claroscuro, que tiene una singularidad lírica, un coqueteo con las artes, que se ha propuesto someter la rareza, pero lo real es que tiene un halo comunicativo, de donde se amarran los hilos que nombro anteriormente.

Es una percepción de lo adyacente, el entorno que de alguna manera la define sin dudas filosóficas, se nutre de la extensión pictórica. Lo que la compromete es la belleza, se incluye en el lente del observador. Se puede decir que es un conjunto de cuentos que explora la sensibilidad, que interpreta el dolor desde su urgencia.

Su calibre sensorial la lleva a ofrecer su energía interior, lo fragmentario de lo viviente donde coloca el ámbito subjetivo, con la objetividad de su pluma. Sin dudas late esa fuerza emotiva que eclosiona y se dispara con la palabra, como la más notable de las armas, transitar estos pasos es beber del asombro.

Perversas mujeres contra el muro, es el resultado de la ilimitada preocupación de la autora, tiene un desgarramiento que va del pasado al futuro, y es que los avatares de la mujer se convierten en sus propias vicisitudes. Hay un movimiento de osadía donde las cicatrices aún sangran, no obstante, tiene una belleza del contrasentido. ¿El diálogo nos lleva a revelarnos con sensibilidad? ¿O son esos cuentos espejos que traducen la vida de tantos?

Tenemos que afinarnos para disfrutar de estas parábolas. La mujer y su invención, la mujer inquietante, la perla desnuda ante nuestros ojos, sus besos agridulces, el canto del pecado, todas inducen a que los lectores recorran un universo de pasiones y de amor.

Norge Sánchez, Venezuela, enero y 2020.

A: Miguél Ángel, Jorge Moreno Aurioles, Omayda Rosabal
y Delbey Leyva, que saben los muros de la existencia.
Sepan siempre que la mujer es solo tan perversa como puede.
A Norge Sánchez, que anduvo por las minas de oro
de San José de la Plata, y bendijo mi lugar de nacimiento.

¿De mujer? Pues puede ser
Que mueras de su mordida;
¡Pero no empañes tu vida
Diciendo mal de mujer!

José Martí

I

CIUDAD DE LA LUJURIA

Como todos los conversadores auténticos,
era una oyente extraordinaria,
y cuando le tocaba hablar, no se andaba con rodeos,
iba derecho al fondo de la cuestión.
Una vez me dijo que yo no era demasiado sensible a la crítica.
Lo cierto era que ella acusaba más receptividad que yo
ante las críticas superficiales.

TRUMAN CAPOTE

ONANISMO

Todo comenzó a los nueve años, cuando empecé a masturbarme recién mi papá desaparecía. Mamá me descubrió y comenzó a golpearme con el cinto y a perseguir mis arrebatos. Pensé escapar en la bigamia. Comencé por acudir a las hembras de corral, las trancaba cerca de la casa, y yo me subía en la talanquera, hasta que quedaba parejito con ellas. Mi madre no se apartaba del cinto, que dejaba caer sobre mí en el momento menos pensado. Decidió mandarme a una iglesia, le pidió a su hermano, tío Esteve, que me llevara. Dando gritos le rogué a mi tío que no lo hiciera, mi madre hizo mis maletas y tío llegó temprano en su carruaje. Yo no paraba de gritar. Me aterrorizaban las promesas de las iglesias abaciales de Caen, de Saint-Étienne o Abadía de los Hombres. Juré a mi tío que no me iba a masturbar más, él comenzó a reír a carcajadas, me aseguró no saber cuál era el motivo por el que mi madre me enviaba a la iglesia.

Desde mucho antes nunca pensé que sería cura, siempre sentí temor por los lugares silenciosos, mi madre es la causante de mi tristeza, qué culpa tengo yo de que mi padre la dejara y se fuera. El ardor de la espalda no me deja dormir, el látigo es parte de mi cuerpo, y los rostros de mujeres en cada confesión son un martirio.

En el trayecto del camino se detuvo en una aldea pequeña, entró a una tienda y pidió varios vestidos para una niña de nueve años. Me dijo: Cámbiate. Yo, perplejo, me disgusté (pensé que era una ofensa), y entonces me explicó que me llevaría a Sainte-Trinité o Abadía de las Mujeres, que mi pelo largo ayudaría. Llegamos al atardecer. Ahí comenzó mi carrera de santa devota, fui recibida y me llevaron a mi aposento. La señorita Mary Burnett se consagró a mi educación, tenía unos quince años, la pusieron a dormir cerca de mí hasta que me adaptara a vivir entre las altas paredes húmedas, rodeadas de hiedra. El calor de la chimenea era el placer más tierno que gozábamos en los inviernos. Yo sufría de ver todas las hermanas cerca y comportarme como una más, aunque dentro de mi vestido experimentara erecciones que no podían ver, bajo ningún concepto, la señorita Mary o la madre superiora.

Transcurridos tres años, mi situación se procuraba sus disfrutes, cuando las hermanitas dormían yo aprovechaba sus descuidos y miraba su carne en rosa. Una mañana, la madre me envió a los campos de cereales y la señorita Mary Burnett me acompañó, me dijo: Mira, ese debe de ser el lago Maggiore o Verbano. La señorita, con un tono romántico, hablaba de la belleza del lago, del paisaje y sus cálidas aguas, y yo tenía trece años, pero mi cuerpo se estiraba sin remedio, sentí el mismo ardor por ella como en los días en que mi mamá me golpeaba con el cinto. La invité a bañarnos y ella me dijo que éramos señoritas, que no debíamos, a lo que respondí que por allí no andaba nadie, que si nos quitábamos la ropa no las mojaríamos, así la madre superiora nunca lo sabría. Mi compañera accedió, nos desnudamos y nos metimos en el lago, comenzamos a jugar en el agua, cuando mi pelo se mojó ella me miraba como desconociéndome, mi bigote incipiente comenzaba a delatarme, empecé a nadar y a jugar, la cargué y el roce de su piel despertó en mí una erección, mi compañera se quedó pegada a mi cuerpo, como si ya supiera que yo era un joven, comencé a tocar su piel y nos besamos, introduje mis manos dentro de su ropa interior y fui descubriendo cada latido de Mary, entonces perdí toda timidez, la saqué del agua y la hice mía, la señorita Mary Burnett me pertenecía, aunque yo aún era un niño.

A partir de aquella noche, Sainte-Trinité se convirtió en nuestro lecho de amor, y en la iniciación de todas las hermanitas de la abadía. A la hora de dormir, todas se aproximaban a mí, fueron días muy felices, las hermanitas alababan los Alpes, querían estar conmigo en el lago Léman. Yo pasaba los quince años y cada vez resultaba más difícil esconder mi barba. Una tarde, escapé de Sainte Trinité y me presenté de regreso en mi casa. Mi madre no lo toleró, me dijo que yo debía seguir internado en las iglesias abaciales de Caen, de Saint-Étienne o Abadía de los Hombres, que tenían tan ganado prestigio, que hasta tanto yo no fuese un hombre responsable no podría administrar la riqueza de la familia.

Era un dos de mayo, llegué por primera vez a aquel lugar, donde la desolación y la tristeza no podían tener piedad de mí, no tendría conmigo a Mary Burnett. Intenté superarlo, pero por más que oraba, con la Biblia en la mano, el pecado no se apartaba de mí, debía encarnar un ser lujurioso, un varón que nunca debió nacer. Mis compañeros de Saint-Étienne eran muy callados, comencé a intimar con ellos, sus pieles blancas rozando lo femenino me hacían sentir atracción, uno a uno se fue convirtiendo en mi amigo confidente, en seres que dependían de mis caricias. Dos años estuve en la Abadía de los Hombres, donde recorrí caminos insospechados.

En la Abadía de las Mujeres comenzó a reinar el miedo. Por esa razón, la madre superiora permitió a sus internas dormir juntas, pedían trabajar para agradar a Dios, y se les permitió hacerlo en los campos de cereales, a cuyas orillas el lago Maggiore estancaba sus aguas. Ellas nadaban en espera de mí. Convencí a mis compañeros de Saint-Étienne de que el trabajo era un modo de agradar a Dios, que los campos de cereales necesitaban manos laboriosas, los convencí y el campo de trigo se levantaba lleno de flores, entre las espigas los cuerpos femeninos ofrecían su desnudo, les enseñé a palpar la carne en flor, y satisfecho me marché para siempre. Ahora dejo aquí, en tu tumba, padre mío, la sotana. No entiendo por qué tuviste que morir y dejar a mi madre con la piel en rosa.

LA MAESTRA DE FRANCÉS

*P*aul había abandonado su escuela en Italia, a su novia con la que comenzaba sus primeros caminos en el sexo. Sus padres tomaron la decisión. Leonor Montaigne le hablaba del Palacio de Versalles, de la música que se ponía en los teatros, él era un niño de ojos despiertos, con catorce años, quería conocer el mercado de París y los acantilados de Normandía. Sus padres, absortos con su nuevo trabajo en relaciones diplomáticas, no disponían un tiempo suficiente para su educación. Leonor había sido su salida, se convirtió en la cuidadora acompañante del joven Paul cuando sus padres por cuestiones de trabajo se mudaron a Toulouse. Leonor le impartía lecciones de música y de francés. El niño sentía un aburrimiento que ella no sabía cómo vencer, aunque aquel trabajo le resultaba absolutamente imprescindible, por eso decidió aplicar nuevos métodos. Lo llevó al Palacio de Versalles, él debía tomar el ala que se adosaba al extremo meridional y ella la que estaba al extremo septentrional, para encontrarse en la galería de los Espejos. Leonor era una mujer de mundo, había disfrutado de los placeres más suculentos, pero nunca había desvirgado a un niño casi hombre en una alcoba real. Lo esperó en la galería de los espejos, con sus senos descubiertos, Paul sintió temor de las dos cumbres blancas que se levantaban ante sus ojos, ella tomó las manos delgadas del joven y las colocó en el centro tibio de su pecho, él temblaba sintiendo el placer inmediato que descubre un joven cuando ve por vez primera a una mujer con sus encantos al aire. Ella se regodeaba, ponía sus uñas largas encima de sus pezones, y él vibraba: lo hizo besarlos. Leonor sentía el ímpetu de un corderito en busca del alimento materno, descubrió que Paul también disfrutaba del juego, ella escapó hacia el dormitorio de María Antonieta de Austria, se soltó el cabello y el niño entró sus manos en el pelo rubio ondulado, la reina provocó a Paul hasta desesperarlo, él casi lloraba el escape de su dulce emoción, ella salió a los jardines, se recostó al Gran Trianón y levantó su saya, él tocó por fin el sexo de una mujer, entró sus manos en la caverna epicúrea, supo la humedad que fluía sobre sus dedos. Monet estaba cerca, vigilando la inocencia que se deleitaba con las honduras de Leonor, su modelo predilecta, plasmó la luz del día, el sexo al aire libre que se ofrecía con una aplicación de colores brillantes. El niño se quitó sus ropas y Leonor se apoderó del momento, cambió a Paul a varias posiciones. Monet trazaba la belleza y sus deseos brotaron sobre el cuadro. Leonor abrió sus piernas y Paul se hundió en el laberinto, no sostuvo su impulso y vertió sus aguas ácidas en Leonor danzarina, los cisnes nadaban a su alrededor. Paul se recostó al muro del Trianón sollozando y Monet penetró a Leonor con el impulso sagaz del pincel sobre el lienzo, esa noche terminaría el cuadro para la exposición dedicada a los diplomáticos italianos. Querían llevarse un cuadro del magnífico palacio rodeado de extensos y cuidados jardines.

A BUEN OBSERVADOR MALA PAGA

(al Art Noveau)

*D*ivertirse no suele ser tan fácil. Para las muchachas jóvenes, el sitio adónde ir es lo más difícil. Así pensaba Emilia, mientras esperaba la llegada de su prima Leonora, quien pasaría el fin de semana en su casa. ¿Adónde me puede llevar a pasear Arnolfo Brunelleschi, si no tiene dinero para llevarme a un sitio lujoso? Esta noche, lo siento mucho, pero le voy aceptar la invitación al cantinero del Casino de San Remo, no importa que sea mayor que yo, de lo contrario cómo me voy a divertir, si ni siquiera puedo tomarme un trago de Chianti con mi novio, no tiene con qué pagar y mi paladar necesita esta noche de un buen vino.

Llegó la prima y en la noche se fueron a pasear, a escondidas de Arnolfo Brunelleschi. Emilia y Leonora tenían dieciséis y diecisiete años respectivamente, tomaron el auto de la abuela y se fueron al casino, localizaron al señor Alberoni, él las hizo pasar hacia una mesa de mantel rojo y copas relucientes, les preguntó qué iban a tomar. Ambas querían probar los vinos tintos piamonteses, él les sugirió: el Barolo y el Barbaresco. A un grito, las muchachas dijeron: los dos. El cantinero situó las dos botellas de vino, las descorchó y vertió el olor perfumado de sus líquidos. El placer que experimentaba Emilia, azuzado por los grados de alcohol, la llevó a invitar a bailar al cantinero, el señor Alberoni.

Se pegaba a él y comenzó a divertirse con el juego de los besos, a intercambiar el aromático vino. Las luces dejaban ver de soslayo los rostros de los presentes, allí estaba el mejor confidente de Arnolfo Brunelleschi, quien conoció a Emilia, tomó su celular y se comunicó con su amigo. Él vino como un loco a buscarla, dijo que hasta que ella no saliera a la puerta no iba a marcharse, Emilia finalmente salió y él quiso golpearla, ella se echó para atrás y el cantinero intervino, explicando que sólo eran amigos. Brunelleschi gritó y ofendió a todos, le dijeron que iban a llamar a la policía y él se fue rápidamente.

Las muchachas siguieron bailando y entregándose a los besos del señor Alberoni en el Stile Liberty. Varias copas de vino después, lograron la efusión en la *Ciudad de la Liguria*, disfrutaban la fusión de la uva Nebbiolo, que circulaba de la boca de Emilia a la de Alberoni y de él a la boca de Leonora. Las luces impresionaban a las jóvenes que habían tomado mucho, decidieron marcharse, el señor Alberoni debía esperar a que cerrasen el casino, quedaron de verse nuevamente. Afuera estaba Brunelleschi, las esperaba en la acera de enfrente y comenzaron a discutir, Emilia suplicó: Ya cállate, que te voy a llevar a dormir a mi cuarto, te escondes debajo de la cama, no sea que mi mamá se levante y te sorprenda. Tú duermes debajo y yo y Leonora encima de la cama. Mañana conversamos, todo lo que tú dices es mentira, el señor

Alberoni está enamorado de mi prima, no de mí, y no hemos hecho otra cosa que bailar.

Entraron a la casa, enseguida él se acostó debajo de la cama. Tarde en la madrugada, la despertó y ella se acostó con él, en el piso frío, ahora cubierto por una colcha, sintiendo aún los mareos que le proporcionó el vino, el alcohol danzaba por su sangre. Brunelleschi le tocó sus zonas erógenas, esa noche ella no le aguantó las manos como hacía siempre, para que no le tocara los senos, ni dijo nada cuando la viró de lado y comenzó a besarle el cuerpo con la voluntad de sacar el néctar del licor que tomó por sus pezones, ella estaba ebria de placer. Brunelleschi bajó sus manos y tanteó las fibras, las carnes que nunca antes había palpado. Se fue rodando y salió de debajo de la cama, se acercaron a la pared y subió encima de ella.

Leonora se levantó y fue adonde ellos estaban, ella le dijo: Cállate. Leonora se quedó mirando la escena, los dos cuerpos desnudos que fluctuaban con la única luz de la lámpara de mesa. Brunelleschi se paró mientras Emilia se retorcía en el piso entre el dolor de perder la virginidad y su primer orgasmo. El hombre haló a Leonora y la acostó en el piso, entró sus manos por las patas del short, bebió sus labios y le pareció sentir el más suave y aromático Dolcetto. Terminó el trabajo comenzado por el cantinero, ahora no le parecía tan mal tipo.

EROS SE HA VUELTO INFIEL

*L*os cuadros de Picasso me producen sueños y sensaciones extrañas. Se mueven los óleos y el Museo Erótico de Pompeya y Herculano se convierte en esta casa, en cuyas paredes habita el maldito. Son los cuadros «Agua fuerte» y el «Etching», no reparo en su pincel, y es como si este loco mordiera mis pezones y la serpiente en la trilogía voluptuosa pusiera su lengua en mis muslos, buscando olores ocultos donde nadie puede ver sus aceites, y ella continúa su mordedura callada, él me besa y yo le beso, mientras la flauta hace la música y él mira regodeándose con el juego de Picasso, la serpiente y yo que desato mi grito.

Sin visitas ocasionales, ni el llanto de Orfeo por Eurídice. Amo esta serpiente, todas las serpientes del mundo, sin echar la cabeza de Picasso al río Hebrus, ni tomar el elixir de Tritón. Las danzas dionisíacas me pertenecen, salgan de mis paredes, con esas poses inigualables y estos venenos expiatorios de mi sangre ¡O mejor no! sigan, sigan en mis paredes desatándome este placer. (Era Amelia en su cuarto, que aún no se levantaba; pero se restregaba contra sus sábanas, como si quisiera unirse a su blancura.) Se masturbaba mirando a sus paredes, vivía los oleos como si una turbulencia rozara sus caprichos.

La madre la llama: Amelia, Amelia... Y ella responde: —Voy, un momento... Se tapa y en un estado de irreflexión como al que cogen asando maíz, responde: Pasa, pasa, mamá.

La madre avisa: —Clara te llamó por teléfono. Dice que son los carnavales de su pueblo y quiere que vayas para salir juntas. Amelia asiente: — ¿Sí, ya lo habíamos hablado y es genial, deseo divertirme? ¿O tú te opones? —No. Rápida responde la otra, pero cuídate mucho que tú sabes que los carnavales se prestan para todo, la calle llena de borrachos que no respetan a nadie...

Su mamá salió de la habitación. Amelia no era todo lo bello que se puede encontrar en una Miss América, pero los hombres la miraban con avidez indiscreta y sedienta. Su cuerpo, armonía insidiosa. Las piernas subían parejas a los muslos, las nalgas redondeadas, fruto de los ejercicios aeróbicos. Tenía carácter efusivo, aunque a veces demostraba irritación, era una mujer de sangre, caminaba con rapidez y su cabello se movía al compás de sus pasos.

—Mamá, me voy a duchar y luego hablamos, salió del baño en un juego de short que dejaba ver todas sus vueltas. Hasta el cura del pueblo levantaría sus postrados miembros. Era osada y atrevida, pero nadie de su barrio había logrado cautivarla, prefería la autosatisfacción a entregarse a cualquier hombre que no amara, se miraba en el espejo y una especie de lujuria cortesana saltaba en su imagen, vibraba y enloquecía ante sus propias manos y nuevamente disfrutaba de sus instintos carnales.

Se bañó y salió del baño envuelta en una toalla. Elda la miró con tristeza, al saber que se iba. Ella la crió sola. No quiso casarse después de la muerte de su padre. Siempre vestía con faldas largas, una trenza negra le adornaba la espalda, era una mujer tierna. A pesar de la soledad, conservaba una belleza que cualquier muchacha joven envidiaría. ¿Qué había debajo de aquellas ropas?, se preguntaban los jóvenes que se sentaban en la esquina. El grupo de muchachos pajizos de dieciséis años, que se ponían a cazar cualquier descuido de una mujer para mirarle los muslos, o los pezones que se marcaran debajo de las blusas.

Amelia se acercó a su madre y le dijo: —Mamá, en estos días viene de La Habana mi amigo Jesús. Me va a traer unas revistas. Si no estoy de vuelta, atiéndelo bien, aunque él va a parar en la casa de su abuela. El tren debe salir a la 2:00 PM. Tengo que apurarme para no perderlo. Se alistó con rapidez, tomó sus pertenencias y salió a la calle.

Elda se dio un baño y se fue a su cuarto, tenía las mismas costumbres de su hija, esta vez degustó su soledad. Tocaba su piel intacta por el sol, limpia y seductora ante sus propios ojos, se extasiaba buscando sus lugares más recónditos, el ángel de su cuerpo despertaba y cada arranque de placer era el comienzo de un Juego. Enrollaba los bosques y brezales en sus dedos. Deliraba y pensaba en el hombre que estaría encima de ella, finalmente un grito finísimo la hacía abrir los ojos. Se vistió con su falda larga y su blusa de mangas. Aquella casa sabía los vicios de la masturbación. Las mujeres de esas paredes tenían sus demonios despiertos. Los fantasmas sexuales que deambulan en las mentes más tranquilas, que aterrizan en las mujeres de carácter fuerte. En las solteronas, y hasta en las beatas.

El viaje de Amelia se efectuaba sin percance. El sonido de los rieles le agradaba, esa música producida por los trenes en las líneas, que tantos años llevan transitando con las mismas locomotoras de hace más de cincuenta años. Trenes tan viejos que nunca han sido cambiados. Suerte que el viaje es sólo hasta Manzanillo. Sé de personas que han demorado tres días en llegar de Santiago de Cuba a La Habana. Esos mecánicos son magos; pero qué más van a durar esos trenes si son héroes de la República. Abiertos al comercio de los orientales y de los camagüeyanos, que van cargados de quesos para vender en La Habana, con el temor de que los cojan los policías que van a bordo y que olfatean como perros experimentados y le quitan su carga.

La joven disfrutaba el viaje, miraba los campos cubanos, el verdor presuntuoso que estremecía hasta al más insensible. Amelia lograba el mismo efecto, usaba ropas como para bailar en Tropicana. Suspiró y dijo: Por fin he llegado, Clara y yo tenemos mucha confianza. Somos confidentes desde que éramos estudiantes. Recuerdo un día en el preuniversitario, cuando la sorprendimos bañándose sin ropas, en un canal con su novio Ernesto. Observé que se cruzaba en ellos un lenguaje de voluntad absoluta, amor y deseo. Disfrutábamos sus encuentros sexuales. Nos estremecíamos al espiarlos. Él la acostaba en el agua y la acariciaba, luego la ponía a horcajadas sobre su cuerpo. Nosotros aprendimos sobre la masturbación. Ernesto y Clara eran nuestros fantasmas.

Ahora, después de tantos años, recuerdo esos pasajes. Fue pasión de estudiantes. Era el pensar y el sentir de una ingenuidad sin utopías. Una perpetua curiosidad encubridora, tenía una fuerza incógnita que nos hacía felices. Yo también conspiré, mis raíces tercas me hacían adoptar una defensa de soldado en apoyo a la insurrección. Mi sangre era la reserva hasta ese día en que vi cuando Clara y Ernesto se abalanzaban desnudos uno sobre el otro. Sentí una dulce sensación y fui al delito con Armando. Palideció del susto cuando lo invité. Esas cosas pasan cuando la falta de libertades se convierte en sutiles desenfrenos. Yo era Desdémona en brazos de Otelo. Alimenté una terrible curiosidad por el sexo. Me atreví a invitarlo un día que regresábamos de los carnavales en el pueblo donde se encontraba nuestra escuela. El momento se prestaba, habíamos tomado mucho alcohol, estábamos ebrios. Recuerdo que uno le pedía al vendedor el jarro de cerveza y el otro lo entretenía y nos íbamos sin pagar, ¿con qué dinero pagaría un estudiante su cerveza? Esa noche era perfecta, el tren tuvimos que cogerlo en marcha y escondernos de la ferromoza, porque no teníamos dinero para pagar. Suerte que no tenía luz y era difícil controlar aquel tumulto. Nosotros nos colocamos en un rincón y la embriaguez junto al sonido cadencioso del tren, me hizo acercarme a Armando, esa noche no fui más virgen. Entre el dolor, la sangre caliente, el sonido profundo de los rieles, el olor a cerveza y la miel de sus labios descubrí que era ya una mujer.

Muchas fueron las fantasías, en el dormitorio de la escuela, los campos de naranja y en los canales de agua para los regadíos. Recuerdo a Armando y me recorre una fiebre por mi cuerpo. Si no hubiera sido por la locura de él, por la profesora de matemáticas, las cosas serían diferentes. Me confesó que le gustaban las mujeres maduras. Las niñas como yo no sabían dar placer. Los maestros también andaban detrás de nosotras, Santiago se hacía el santo y se templó a unas cuantas estudiantes y a mí que me agarro con mi novio en la enfermería de la escuela y me mandó para otro instituto. Santiago el profesor más santo, el más templón y descarado.

Amelia reflexiona, siente el pitazo del tren que indica que han llegado, va disminuyendo la marcha y una muchedumbre comienza a bajar con maletines, jabas, cajas y hasta animales de corral con las patas amarradas y metidos en un saco. Se baja y mira para ambos lados, trata de ubicarse, y camina calle arriba. Varias veces se limpió la frente que soltaba un sudor leve. Reconoció la casa de Clara, tocó en la puerta, su amiga abrió y se armó una algarabía, los demás miembros de la familia salieron a saludarla.

Se dieron otro abrazo. Con el ímpetu juvenil Clara le dice que tienen que bañarse rápido, qué la fiesta está andando.

—Hoy si le vamos a dar duro al carnaval, vamos a bailar hasta soltar los tacones. ¡Fiesta! Estaba loca porque tú llegaras mamita, porque usted si es bailadora nata, de las que descoyuntaba el cuello, chacachán chacachán. No te recuerdas de aquella canción que tú bailabas con aquel novio tuyo: «El marido de Josefa solo come pescao' si le dan otra cosa lo reclama bragao', hooo, patacón pizao', hooo, patacón pizao'». Como gozábamos. Ja ja ja.

—No te hagas, que tú, eres buena y buena. En la escuela todo el mundo te cogía filo y tú en cueros con Ernesto en el canal del regadío de los naranjales y sino moliendo la tierra negra de los surcos con las nalgas, luego te parabas oronda a quitarte la tierra en el canal, ja ja ja, te zambullías y todo. Y siempre dando gritos para que te oyéramos, para hacerte la más caliente de la escuela.

—Ernesto era súper divertido, pero ya eso se fue a bolina, después de él he tenido más novios que el carajo.

—yo, no tanto, es que mi mamá, más nunca se casó. Y los novios de la escuela ya los he olvidado, eso era solamente para el trajín, no iba a estar de pajuata.

—Dale Clara, mueve que se nos hace tarde. Tenemos que recoger unas amigas. En grupo el carnaval es más divertido.

Vestidas con ligereza salieron a la calle. Unidas a la comparsa, los colores desbordaban el vestuario de los danzantes. Junto al sudor de blancos y morenos, el contoneo de las caderas y la joven desnudez hacían de la comparsa una fuga de sensualidad y belleza. «Mírala que linda viene, mírala que linda va es la conga la Victoria...» La muchedumbre seguía detrás, entre las calles llenas de kioscos. La algarabía de los pregoneros que vendían desde una fruta hasta un santo. Las jarras de cerveza pasaban de una mano a la otra. Aunque no faltaba quien degustara una botella de aguardiente y hasta un tabaco. «Mírala que linda viene, mírala que linda va» y el mulato pegándole la verga a las dos amigas que se apartaban al compás de la música y el mulato con la verga tiesa. «Mírala que linda viene, mírala que linda va...» Muchos moviéndose con los brazos para arriba, pero con el tronco para adelante pegándose a la más entretenida.

El calor se replegaba en la masa íntima, las gotas de sudor goteaban de sus caras al ritmo de los tambores. Clara y sus amigos disfrutaban a gusto el carnaval. La noche se llenó de algarabía, se fueron todos a la glorieta, Amelia le preguntó a Clara: — ¿Quién es el muchacho de la chaqueta azul que nos acompaña? Y la otra respondió: — ¡Ah!, ese es Carlos, pero ni te intereses. Él tiene otros compromisos y no está a tu tono. Amelia pensó: No sé qué me habrá querido decir, pero me cae bien, esos ojos claros, ese fervor lleno de detalles y esa tersura de piel me hace sentir el sabor del picante y no porque mi lengua sea tan desenvuelta, sino porque quiero desatar la suya. Me entusiasman sus palabras, siento su temor con sed romántica y un dejo de tristeza. Le agrada mi conversación, ya me di cuenta. Sé que lo tengo tumbado.

Carlos era tímido; pero Amelia lo había cautivado, su cabello largo, sus modales, era lo que realmente le gustaba. Entre tragos de cerveza, él pensaba: Vuela, lascivia, no detengas tu danza. No sé qué decirme, pero la cuerda es mía y la música interna es más petulante que ella desnuda, esos ojos brillantes, expresivos, me recuerdan a la Gioconda. Su delicadeza me devuelve los sueños. No quiero más disputas con mi corazón. Mi sexo es tan gentil, que me empapa el rigor de la alquimia. (Carlos la miraba y ardía en ganas de apretarla contra sí, las miradas lo habían dicho todo).

Se decidió hablar: —Amelia, tú eres muy agradable, me gustaría pasar lo que queda de la noche a tu lado, sin otra compañía que la nuestra. ¿Te gustaría escuchar música en mi refugio? ¿Qué te sucede?, ¿por qué te quedas tan seria? Te hablé de escuchar la música que nos guste, de conversar. ¿No te sientes bien conmigo?

Entonces, Amelia deja brotar su voz: —Es que me confundí un poco, sí me gustaría, por supuesto... En realidad, para sus adentros pensaba: No puedo huir tan fácilmente. Esta ciudad es una amante que echa redes sobre quienes pernoctan. Ese olor a mar lejano me provoca un éxtasis, es como si el Golfo de Guacanayabo se inyectara en mis venas, siempre he tenido una dependencia extraña con el mar, he soñado que camino por encima del azul intenso, que nado sin cansarme. La música tiene fulgor heterogéneo.

Carlos la tomó del brazo y caminaron unidos, ambos lo disfrutaban. Nuevamente el sonido del tren despertó el interés de la joven, ahora le hizo despertar un deseo sexual, existía una magia remota en ese ruido, una tempestad musical de antaño. Clara los vio y quedó sorprendida: Están locos. ¿Carlos estará a plenitud mental? Esto sí es un acontecimiento. ¡Siempre anda con ese tipo!

Todos quedaron perplejos. Mientras la pareja entre poemas y canciones se alejaba, suspirando por el hallazgo, llegaron a su casa. ¿Te gusta Mozart?, pregunta Carlos. Pues, sí, cuando lo escucho es como si muchas aves volaran en mi interior y de repente comenzaran a agitar sus alas en desafío. Sus óperas, sonatas, sinfonías, divertimentos. Todo lo disfruto. ¡Fantástico es el Concierto 9 en mi bemol mayor para piano k 271! Carlos le susurra: Ven, acércate, vamos a sentir la música juntos.

Hay algo en ti que me provoca. Eres quien calla su entusiasmo y luego desborda el desenfreno. (Carlos tomó a Amelia y la recostó al diván. Fue quitando cada prenda hasta tenerla a flor de piel. Le besó cada furnia con el deseo de sacarle el último suspiro. Su cuerpo flexible oscilaba sin reparo. Carlos sentía la fuerza de los pezones de Amelia contra su pecho, el aliento delicado, el cabello suave se derramaba sobre él, para ella Carlos era más que un bálsamo. El aroma de hombre, sus músculos, además esa manera poética de ver la vida, como si ellos fueran amas gemelas, par de románticos juntos. Sin dudas era su noche. Se susurraban cerca del oído. Mozart como fondo les arrancaba expresiones, era la exaltación entre campos magnéticos.

Amelia se exasperaba y le decía: Me gustaría nombrarte mi real caballero, como a Mozart lo nombró el Papa en La Scala de Milán. Tú sí eres el caballero de la espuela dorada. Y Carlos respondía: Amelia, princesa, te pienso en París, o en el Palacio de Viena. Besándote y descubriendo ese calor que me envuelve. Me regocijo en los artificios de tu avidez (Varios gemidos estallaron al unísono. Se exploraron con la vista entre caricias y ternura. La noche se fue escapando.)

Permanecieron abrazados largo rato y ella dijo: —Debo marcharme a la casa de Clara, anoche no le di ninguna explicación. Nos veremos más tarde. Él tenía los ojos humedecidos. La abrazó fuerte. Era su mundo a la intemperie. Ella llegó exaltada a la casa de su amiga: —No te imaginas mi felicidad. Nunca antes conocí hombre igual, su dulzura, el sexo prominente. La fiereza y esa entrega desmedida. Sacó fuego de mis ansias.

Clara no se atrevía a responder, pero tenía que hacerlo: —Mira, Amelia, Carlos tiene un gran Corazón, pero estoy obligada a decirte la verdad. ¡Eres mi amiga! La otra, con cara extrañada, saltó: —Es casado, ¿verdad? Y otra vez Clara: —No, no es eso. Es que sus gustos, sus preferencias. Existen comentarios sobre él. Amelia no resiste más: — ¡Dime!, ¡háblame claro! —Su amiga nerviosa, le responde: —Carlos comparte su apartamento con otro hombre. Eres la única mujer que se le conoce. Ella le responde: —Tus palabras son como un macetazo amiga, coñooo me quiebran los sentidos. ¡No fue curiosidad lo que pasó, sino goce! El secreto de una naturaleza intuitiva. Ese tipo fue un machote. Sin escrúpulos, sino le gustan las mujeres cómo pudo ser tan bueno en la cama; pero bueno. Si tú lo dices, que lo conoces, qué me queda a mí. Ha sido un daño sin intenciones, pero que me raja la vida. Un mundo paralelo en el siglo XXI. Me marcho, necesito meditar sobre esto. No creo que sea gay. Las próximas horas aquí pueden ser más terribles. Su sombra me acompaña. ¡No es fácil!, no puedo devolver el pasado. La angustia existencial me condiciona y no creo en la trilogía de los cuerpos. El placer tiene un origen y un final. Lo que se esconde es un ejercicio lógico, paradoja del éxtasis. La plenitud puede ser universal, multiforme. El desafío es la máscara carnavalesca y lo triste soy yo.

Clara le pide: —Quédate, conversa con él, aún podemos divertirnos. Ella, entre lágrimas, apunta: —Por favor, ya lo decidí, me voy ahora mismo. (Amelia recogió rápidamente, se despidieron y su amiga se quedó culpándose por no haberlo evitado, por estar de lengua suelta). Se ponía las manos en la cabeza seguidamente. Jodí su alegría.

Amelia salió para la carretera. Todos los carros pasaban llenos y ni siquiera una guagua. Comenzó a decir: «Este sol es insoportable, no hay una parada donde guarecerse. Yo no me explico por qué el transporte está tan malo. Al fin ese va a detenerse; pero vienen unas cuantas personas en ese carro. No importa, lo que quiero es irme de una vez». Sube, dice el chofer. En todo el camino la fueron piropeando, unos de un modo agradable y otros bastante grotescos. Era un Buick americano del 55, para seis pasajeros, y traía ocho personas, y nueve con Amelia. El olor a cerveza, el perfume de hombre y el sudor del verano hacían el camino más largo para ella.

Entre conversaciones sobre peleas de gallo, corridas de caballos y sobre el tabaco, su mente seguía donde Carlos. No podía olvidar los destellos fieros de aquel hombre, sus deseos de apretarlo fuerte, de supurar todos sus líquidos, de danzar nuevamente junto a él. Ella pensaba: «Quiero ser una de las sílfides, la hembra volcánica que anhela otras islas donde no exista el miedo, donde la nostalgia sea una simple fantasía y el llanto un remedio para que los dioses abandonen su ira y acabe la sequía. Donde Picasso pueda remediar la desfachatez de estos hombres que escogen el Buick como pretexto para enamorarme, sólo porque Él ha colocado todas las vergas del mundo en posición erecta y no conocen que el sonido de un tren es mucho más sensual y allí Picasso descorre las cortinas porque Sátiro y Bacante no le pertenecen y Pompeya adora los artistas, mientras yo estoy llegando a mi pueblo y no me olvido de ese macho, aunque sea pájaro como dice Clara».

Llego a su casa. Abrió la puerta y un abrazo la unió a su madre, está sorprendida, le preguntó: — ¿Por qué regresaste tan rápido? —Nada, no quise estar más allá, no era divertido, responde Amelia. Su madre tenía acontecimientos que contarle, y nerviosa le dijo: —Amelia, tengo que decirte algo. Es muy difícil, pero no puedo engañarte. — ¿Dime qué sucede, por qué tanto rodeo?

—Es que tengo un hombre...

—Eso no es problema, hace muchos años que debías haberlo hecho, sólo preséntamelo. —Es que lo conocí ayer, es más joven que yo, vino con tu amigo Jesús y me miraba con unos ojos que me trastornó. Me gustó, no sé. Perdóname hija.

—Hay mami, ya, ni que yo fuera un ogro.

—Ven, él está aquí en mi cuarto. Nos conocimos y pasó. Sé que soy mayor, ese es el problema. Ven, quiero que lo conozcas. Es él. (Amelia se sobresaltó y dijo: ¡Armando!, ¡es Armando!, y sintió el pito de un tren a lo lejos, el tren del recuerdo.) — ¿Se conocen ustedes?, —preguntó la madre.

—Sí, fuimos compañeros de estudio.

—También el joven sintió sobresalto, aunque todo había acabado, fueron muchos los encuentros de adolescencia.

Ella lo saludó, y se tomó un vaso de agua. Se sorprendió de verlo, pero no podía arruinar la felicidad de su madre. Tenía que meditar sobre esta situación. ¿Se lo digo? ¿Qué hago

Dios mío? ¿Y si viene a vivir aquí y se mete conmigo? ¿Y si es la felicidad de mi madre? Coño, le ronca que esto me suceda a mí. Tengo una fatalidad arriba. Todo me pasa.

Entró al cuarto, al museo donde Carlos será un nuevo óleo en sus paredes, un recuerdo que la hará tocarse el cuerpo una y otra vez, tocarse el clítoris hasta desmallarse. El tren seguiría siendo ese incendio interior que el tiempo puso, pero ahora con los efluvios del último hombre que tocó su cuerpo.

Coge el teléfono, Amelia, está sonando, dijo la madre. Ella se paró con pocos deseos, aún sorprendida de ver a Armando y la remembranza de sus encuentros en los campos de naranja, tomo el auricular: —Dígame- La voz responde: —Es Clara- Quiero que me disculpes. El hombre que comparte el cuarto con Carlos es su hermano. Me contó que Carlos ha sufrido mucho en estos últimos años..., que había perdido a su esposa en un accidente automovilístico.

Carlos en el malecón de su ciudad natal, miraba a la distancia confundido. El sonido de las olas le devolvía la música de Mozart. Esta vez era el Réquiem en re menor, k 626..., Amelia se vistió rápido con ansias de escuchar un nuevo concierto y el tren sonaba su silbato. Una vez más su cuerpo, sintió la furia de los rieles, los dedos que rozaban su envoltura.

MITILENE AL FIN REGRESA

*M*itilene nunca cede a las imposiciones. Su amor propio es aciclonado germen de la duda, del tedioso camino a su realidad. Como el verbo escapaba de su boca, así escapaba el ansia de saberse suya. El fuerte manantial de abrazos íntimos. Era su arma, la compañía sublime de todo ser humano. El resto era temerse, hincarse, dañarse y herirse si era necesario. Lo prefería a la sumisión. Mitilene abogaba por ser amada, no era tan importante lo que sentía ella: a veces el dolor engendra monstruos, pero son tuyos y nadie puede vencer a tu propio ejército. Ellos te desandan y culminan adueñándose de ti mismo. Es el amor propio. Así es Mitilene... Yo soy Mitilene.

La mujer, disgustada con su esposo, le reclamaba por sus continuas parrandas. —Eres una mujer muy dominante. A mí ninguna mujer me habla así. Aquí el hombre soy yo y salgo cuantas veces me da la gana. ¿Tú sabes lo que me pasó?, es malo juzgar, mira cómo tengo el pecho.

— ¿Y esa herida? ¿Cómo te la hiciste? —le preguntó ella.

—Anoche, cuando te dejé en tu actividad, en el Museo Franz Mayer, fui a parquear el auto y había allí unos ladrones; me quisieron asaltar y tuve que enfrentarme con tres y en eso llegó la policía y nos llevó detenidos hasta el amanecer.

Yo me encontraba muy molesta, sabía que era mentira, una amiga lo había visto en el bar del Hotel Reforma. Lo cierto es que él desapareció como por arte de magia.

—Mujer, ¿y para qué te fuiste a esa actividad? Estoy cansado de tu música, de los arreglos, de los orquestadores y los conciertos. ¡Te crees que, porque eres cantante, eres el centro del mundo! A mí no me gusta que vayas allí.

—Pues claro que sí voy. ¿Tú puedes? Yo también. Mi ambiente es diferente. Son personas educadas, poetas, pintores. Es el espacio que me interesa, anoche estuve en la Sala de Escultura, donde exhiben imágenes, principalmente de estilo barroco, esculpidas en el virreinato de Nueva España. ¡Es formidable, mi amor! Y en su planta superior también se puede contemplar una valiosa colección de pinturas europeas y mexicanas. ¿Por qué no vas conmigo?

—No me digas. Pero ustedes también se enamoran, son artistas, pero no comemierdas. Y para que sepas, aquel día que no vine para la casa me fui a tomar con mis amigos, y después me fui con mis hermanos, tomé tequila hasta cansarme y me quedé en la casa de ellos.

—Sí, tu mundo es otro, el tequila, las mujeres, el machismo desgraciado que acaba conmigo. Si tengo que irme me voy, soy codiciada y tú lo sabes. La vida no es una ranchera como alguien dijo; pero sí un poema escrito por un demente, por un maldito cornudo que ha querido poner el pie encima de la mujer todo el tiempo.

—¿Esa es tu filosofía? Pues no es así. Yo te quiero para mí solo. La vida la hizo Dios y él sabe lo que quiere. Si tú dejas todo eso, entonces verás cómo cambian las cosas.

—No me digas, ¿quieres cuestionarme? Tú crees que yo no sé qué has tenido tantas mujeres que no caben en un periódico; pero también sé que te gusto, que soy tu hembra, cuando me besas te estremeces y disfrutas el mínimo roce de mi piel. Nuestros encuentros, no son simple sexo, le sacamos melodías a nuestras noches, navegas hasta desangrarte en mi cuerpo.

—Eso es verdad, sí, me gustas, esa lujuria impredecible que desatas en cualquier momento, en la cocina, en el baño o la sala, y no soporto escaparme en momentos como esos..., como este, ven, acércate.

Comienzan a besarse y se desvisten, y ella le dice:

—Mi amor, ¿cómo no voy invocar todos los santos ahora? Bendito seas mi Dios, gracias por dejarme conocer a este hombre, por esta piel tan seductora, por su fruto maduro, por dejarme resbalar entre sus poses. ¡Quiero saciarme de tus aguas, acariciar tus laderas, poseer la exquisitez de ese parto de fuego que nace entre tus piernas! Contigo no hay monotonía... ¡No te detengas!, mírame a los ojos...

Gerardo acariciaba cada rincón de Mitilene, sus manos ecuánimes se encontraban en el centro del pecho, se desplazaban a las orillas y cuando la escuchaba gemir, decía una frase oportuna, susurraba en su oído, la atrapaba, se desplazaba por los sitios de la gloria y de pronto se apartaba para hacerla caer en desesperación, conocía el perfecto laberinto de su mujer y las súplicas que muy pronto la traicionarían. Ella derramaba palabras y él persistía en su obsesión, jugaba y se hundía en su vientre, hasta buscar el orificio sublime, la hacía agonizar, la convertía en isla, en una ciudad que él despertaba para habitar sus montañas y llanuras.

Se abrazaron y una nueva cruzada de ángeles anunciaba que el camino de las pieles no podía violar ningún recuerdo. Mitilene besó a su amante, hasta sacarle brillo al tatuaje de su brazo izquierdo, el hombre recién bañado era una señal a la proximidad, ofrecía su sexo, tendido boca arriba. No existía malicia, sólo un antojo, banquete flexible que le producía sacudidas, se sumergía en la limpia ciudad, en las blancas carnes que la hacían aplaudir a los dioses, existía la magia, veía el sexo prominente de su esposo como rebeldía y se acercaba como lo hacen las fieras en la tierra, sin pensar en los truenos, sin recordarse de las actividades del Franz Mayer. La música era aquella cosecha desnuda adonde su lengua adelantaba la próxima señal. Una clarinada juntó los cuerpos, la pureza estremecedora desvivía sus ojos, el brillo salvador arrancaba quejidos, hacían mutis sus rostros y los muslos apretados de Mitilene desde donde llovía sobre la habitación que Gerardo convertía en Isla. Un silencio, era la pausa de tantos sobresaltos, de la ira y del sexo del agua y del fuego.

—Mitilene, ¿has pensado en nuestra conversación? ¿Es tan importante tu trabajo?, ¡si yo te lo doy todo!

—¿Te es tan difícil comprender que todos tenemos algo que nos gusta?, algo que nos ilusiona y nos da la posibilidad de ser nosotros mismos, de ser capaces.

—¿Y yo qué significo para ti? Tú eres una falsa, ¡estás endemoniada! Dedícate sólo a la casa, yo necesito una mujer que me atienda, que cuando yo la llame esté cerca.

—Sí, para verme, aunque sea sin hacer nada. Pues no y si debo irme me voy. Es verdad que eres un hombre que envuelves; a todos lados que llegamos las mujeres te miran, te comen. Al fin y al cabo, yo no soy celosa y me gusta que lo mío esté bueno. En la cama eres un equino de raza, un toro fiero al que no se le puede sacar fácilmente el pañuelo rojo, ni se deja clavar las banderillas. Contigo me he sentido mujer en todas las esquinas...pero, ¿y yo?, no puede ser, al carajo con todo, con tus besos y contigo mismo.

Mañana despertaré. La vida es un albur y yo esa golondrina que va a morir un día, presa de sus alas, del alto vuelo interminable donde nada ni nadie podrá alcanzarme, junto a Dios en un carruaje de otro siglo; y que todos griten: ¡Es la novia de Giovanni Bellini! La guardará en el arca de Noé. Ella busca la salvación, pero se desnuda. Quiere posar para todos los pintores del mundo. Su amante puede ser celoso, atarla en las calles de Venecia y que el agua la ahogue por fogosa, por ser Mitilene y no María, tan Purísima.

SUEÑO PERVERSO

Los sueños me irrumpen despierta y la fosforescencia oral se arroja cual dictamen, veo que florezco cuando avispada sufro de espejismo, al estar adormecida sólo evocó las novísimas efigies al despertar. Mis ojos se cristianizan y prospera el infinito, ojos que me brindan el primor, refocilan a lo lejos, buscan el porqué de las estrellas y esa culpabilidad que tengo de ver las nubes con forma de animales o de hombres, siempre haciendo el sexo, y discutiendo sobre el Kamasutra, y los indígenas dando su aporte sobre el hamaca-zutra y todo ese discurso que hace la muchedumbre sobre el tema.

Cavé la tierra para sembrar un árbol, me entristecí porque se volvía un polvo fino que no permitía ser unida. Traté de buscar ayuda y para ello de seguro que pensé en los hombres. Uno a uno me fue brindando su teoría sobre cómo abrir el hueco, colocar las raíces, echarle el agua y colocar el árbol en postura erecta; pero ninguno sabía cuál era el secreto para sembrarlos y que las hojas no se achurraran. Yo no quería ver que mi planta perdiera sus hojas, ya amarillas y tristes.

Comencé a llorar y por la noche alguien tocó en mi ventana, era un ser pequeño, su cabeza era de un hombre normal, conversaba que daba gusto. Yo me reía con abundancia y él no tenía que empeñarse en hacerme feliz, lo lograba con su dicción.

Es verdad que sus piernas y brazos eran muy cortos; pero de la cintura a la cabeza, solía ser perfecto. Su cabello ondeado, le hacía parecer un ángel. Mis ojos brillaban, me di cuenta cuando me miré en el espejo. Sentí una fuerte atracción por la historia, por conocer sobre los asuntos de la humanidad y también sobre un cuento de un príncipe que vivía en un castillo secreto, el enano me hizo el más sublime de los cuentos esa noche.

Él intentó marcharse nuevamente por la ventana, fue por ese sitio por donde entró a mi cuarto. Yo sentí una tristeza que compadecería a cualquiera. Lo que más deseaba en aquel momento era vivir por siempre a su lado, ser la esposa del hombre de la lengua cargada con fábulas.

Él me miró con dudas, parece que pensó que yo me sentía ofendida; bueno no es para menos que alguien que uno no conozca se meta en el cuarto y comience a conversar como un Cao. Desde luego que él tenía un don especial, puede ser eso que las gentes llaman sexapil, y una seguridad en sí mismo que quién lo mirara a los ojos lo podría percibir fácilmente. Cuando lo vi por vez primera fue como un flashazo, me llené de emociones. Él continuaba en la ventana sin saltar para adentro; pero tampoco para afuera.

Lo que usted no sabe, es que a mí él me trasmitía seguridad y para colmo del descaro, yo no quería que se marchara, pensé en varias opciones, incluso en cerrarlo en mi cuarto con siete candados, o buscar un pomo, o una tinaja y con una buena magia convertirlo en Aladino para cuando yo frotara la vasija él fuera saliendo y levantándose, como mi agorero. Desde luego que no le iba a ser tan fácil descubrir todos mis pensamientos, porque eso de que las mujeres somos predecibles, no se lo cree nadie, si por lo general nosotras hacemos las cosas y luego las pensamos, por eso dicen los sabios que una mujer valiente es de cuidado.

Realmente mi modo de actuar ante aquel hombre y mi observación hacia él eran sólo cosas mías y si alguna otra mujer cree adivinar mi posible apegó al hombre minúsculo, sepa que existen virtudes más grandes que una montaña de tropezones. El hombre quiso comprender mis instintos y a pesar de que yo no soy una hembra despreciable, vi terror en sus ojos. Sabía él que una mujer que no disfruta sus más hondos deseos puede derrumbar una montaña.

De todos modos, él tampoco se pudo aguantar las inclinaciones, entró nuevamente para el cuarto, se desmoronó en mi cama. Yo me acosté a su lado, pensé en el paisaje, en un mundo de gotas de agua sobre mí, en un bosque de laureles, en una plantación inmensa de melones, donde él merendaría cada tarde. Vi una luna en mi cuarto, que dibujaba mis senos. En la madrugada me habló de los gladiolos, la fiebre de las damas en el invierno, de un lago azul para vivir nuestras vidas.

Todas las delicias vibraron esa noche, sus manos volaban ligeras hacía mí, seguía la huella de los fervores y mi piel fluía y los manantiales formaron cataratas interminables. Éramos hijos de una estirpe voraz. Lo amé como a nadie. Oscilé en el más escandaloso de los orgasmos.

Cuando me desperté él no estaba a mi lado; sentí deseos de llorar y hasta de morir, habían pasado solamente unas horas y mi corazón se creyó que aquel hombre le pertenecía. Las lágrimas corrían de mis ojos, no estaba allí el varón que construía la historia, él de pupilas brillantes, él que me dijo frases como pétalos y me dejó besar sus palomas.

Salté por la ventana, lo busqué con desespero, llamé a todas las puertas a mi paso. Sentí deseos de lanzarme a la profundidad del río y ahogarme, era como si unas manos vigorosas intentaran agarrarme. Me faltaba el aire, me tiré boca arriba en la hierba, y el sol con sus rayos calentaba mis senos, me levanté como mujer de lumbre. Regresé a mi casa, entré desconcertada y triste. Me senté en la cama. Miré para el frente y vi un ánfora antigua, la tapa estaba encima de la mesa, me levanté y miré hacia el interior de la vasija y sonreí con mucha alegría, la tapé y cada medianoche la froto sin parar y digo esta frase: «Aladino Docarri Ñozmu Rreztiégu», emito alaridos como de loba.

Amanezco con unas ojeras que da miedo. Dicen mis vecinos que no estoy durmiendo bien y sufro pesadillas, que tengo que atenderme con un psicólogo. Sin embargo, conocí la teoría para sembrar el árbol, con la peripecia de abrir el hueco, colocar las raíces, echarle el agua y poner el árbol en postura erecta y les aseguro que mi planta no perdió sus hojas, no se achuraron, ni se tornaron amarillas y tristes.

Trato de no olvidar nunca la frase mágica: «Aladino DocarriÑozmuRrreztiégu.»

II

LA PIEL Y SUS LABERINTOS

La vida me hace un papel incierto sobre el asombro
que atamos a cada hombro donde naufraga el olvido;
cuando hablar resulta un ruido
y la existencia un escombro.

MIRIAM PEÑA LEYVA

No abandones la fuga hacia la esencia
de un oficio interior por lo salvable,
tentaciones de un cuerpo vulnerable
son deleite en las pausas del dolor.
Repasa los minutos si el temor
es la última foto del culpable.

MIROSLAVA PÉREZ DOPAZO

UN PUEBLO DE HÉROES

*U*n pueblo de historia tiene su hechizo, en este se firmó la Primera Constitución de la República en Armas de Cuba. ¡Cómo hay gente en esta Semana de la Cultura! Está lleno el pueblo, siempre he pensado en ese pasadizo que está aquí, debajo del parque, dicen que tiene un túnel que va hasta la iglesia, y otro hasta la Casa de Cultura. Yo tengo que verlo; ¿pero a quién consigo para que me ayude a quitar la tapa y a explorarlo? El grupo musical Cubaney tiene que actuar esta noche; si ellos me ayudaran, después de su actuación...

Fue y habló con el director del grupo y lo convenció, él le pidió que consiguiera lámparas recargables y una linterna, ese túnel para él también era un enigma y quería saber hasta dónde llegaba. Le habían puesto una tapa, que él desde niño observaba como dilema. Habló con los demás miembros de la agrupación musical y aceptaron, eran muchachos jóvenes de veinte a treinta años.

—Ir de noche, ya jode, es una locura. —le dijo Eric a Dorita, y ella le respondió.

—Muchacho, no seas bobo, es más emocionante, yo me metí un montón de veces en ese túnel cuando salía de la escuela.

—¿Qué hacían ahí ustedes?

—Mirar las paredes y el techo, Ahh y los muchachos apretaban allá abajo. Las niñas y los niños se tocaban, ya tú sabes lo que quiero decir..., muchas gentes decían que ahí seguro se escondía algún tesoro, otros dicen que antigüedades. ¿Y si encontramos oro?, dicen que un adivinador dijo que bajo estas tierras hay una veta reluciente.

—Bueno muévete a buscar lo que necesitamos para esta noche. ¡Vamos a encontrar el final de ese túnel!

Ya lo logré, piensa ella, sale a conseguir todo y regresa. Cuando el parque se queda tranquilo aprovechan y retiran la tapa del túnel, van entrando uno a uno, y dos de las novias de los músicos se van con ellos. Me encanta la aventura, dice una de las muchachas. Eric pregunta: — ¿Nadie cogió un rifle? —Yo no, yo lo que cogí fue una botella de ron, le contesta Dorita. —Eso mismo es lo que digo, responde Eric. Comienzan a caminar y se encuentran dos caminos, uno que sigue recto y otro que se dirige a la izquierda. Toman el de la izquierda, y escuchan voces que dicen: Tenemos que curar a los heridos, hasta cuándo tendremos que soportar a estos españoles encima de nosotros.

Eric se acerca, y ve que una monja está vendando la cabeza a un hombre que parece estar muy lesionado, pero aun así grita: —¡Qué viva Cuba libre!

Los jóvenes de la expedición desean ver más, y creen ver a una mujer que se les parece a Ana Betancourt de Mora, ella con vestido largo y carácter de trueno advierte: —Es hora de que la mujer ocupe el lugar que le pertenece.

Los mambises sienten un ruido cerca de la chimenea y se disponen a salir a investigar. Detrás de las llamas, los músicos se esconden y escuchan decir a los mambises: Esos son los malditos españoles que nos han descubierto, tan ladrones que han venido a robarse todo lo que tenemos, si los cojo con este machete les haré soltar la sangre, los decapitaré uno a uno. Con cada cabeza española haremos un collar y lo colgaremos a la entrada de Guáimaro como escarmiento, para que sepan que aquí hay hombres que no se venden.

Los músicos entran en pánico y caminan hacia atrás, dispuestos a irse y dicen: —Es imposible, eso sucedió en el siglo XIX. En sus nervios toman el camino que sigue, el que no los lleva de vuelta al parque, caminan por un rato y no encuentran el regreso, sienten temor, pero continúan, escuchan una música cerca y se alegran, Dorita les dice: —Ya estamos llegando, ¿No sienten la música de la Casa de Cultura? ¡Sí, sí!, responden los otros a coro. Eric siente el sonido de las olas y piensa: —Estoy borracho, en Guáimaro no hay playa. Yo no he bebido tanto...Siente música de discoteca y piensa: —Ah, sí, estamos llegando. El sonido del mar se siente con más rabia y la brisa con olor a salitre les va llenando los pulmones. Dorita respira fuerte: ¿Eso es el mar?, no es posible, si el más cercano se encuentra a 84 kilómetros, en la playa Santa Lucía.

Ven un orificio grande en el muro, y penetran por él ¡es una discoteca! Entran todos a bailar, sin preguntarse mucho. Sólo Eric se sorprende: Esto no puede ser. Llama a una muchacha de saya muy corta y le pregunta: — ¿Dónde estamos? Y ella se ríe y le responde: — ¿Estás borracho, no ves que es la discoteca de la Playa Santa Lucía? Eric, atónito, se suma a bailar. Varios hombres, bien blancos y de unos 60 años en adelante, disfrutan del mar y de las mujeres de las discotecas. Uno dice ser de Galicia y mira constantemente a Daniela, la novia de Yunior, uno de nuestros músicos. El viejo saca su billetera y nos manda a poner cervezas, todos nos alegramos, Yunior también. Todas queremos bailar y nos vamos olvidando lentamente de que vivimos en Guáimaro y que andamos con los músicos de Cubaney, la noche se prende y nos movemos al compás de los juegos de luces. Gritamos vivas por nuestros nuevos amigos, nos abrazan y nosotras los abrazamos, nos besan y les besamos, ellos gritan: — ¡Que viva Cuba!, y nosotras gritamos: — ¡Que viva España! Me recuerdo de los músicos de Cubaney y le digo al yuma: —A nuestros amigos también les gusta el ron. El yuma me da diez dólares y le compro una botella de ron Habana Club y unas tropicolas. Nosotras continuamos moviéndonos y divirtiéndonos. El yuma me pide que lo acompañe a su habitación, miro a los lados y las novias de los músicos se han desaparecido con los turistas. Los artistas están felices, no todos los días es tan fácil tomar

Habana Club. En las habitaciones el sexo deja de ser el sexo para convertirse en juegos de la humillación.

Daniela, con tantas cervezas en la cabeza, se va desnudando, el español la hinca frente a la cama, le pone el pene en la boca y ella succiona los jugos colonizadores, él jadea como puerco gordo y se tira para atrás, ella se le pega como si quisiera sacarle todo el odio que siente por este maldito que apenas le regalará unos 40 ó 50 dólares. El yuma le pide que busque a Maritza, ella le dice: — ¿Para qué, conmigo no te basta? Él sólo responde: —Te voy a pagar más, si tú y ella se tocan y se dejan tomar unas fotos. Daniela se enfurece, se viste y se larga al pasillo del hotel.

Yo continúo bailando con el yuma mío y me voy a su habitación. Me voy a desnudar antes que él. Él me acaricia, y cuando se desviste comienzo a pensar en las exposiciones del museo de Guáimaro, su pene se parece a las bayonetas que usaban los españoles en la guerra de independencia, siento deseos de arrancárselo y me acuerdo de mi bisabuelo que luchó en la Guerra de los Diez Años y fue teniente del ejército libertador. Me aferro al maldito español, le muerdo el pene con mucha ira, con la misma que sentían los mambises que estaban en la iglesia por decapitar a los españoles. Comienza a gritar muy fuerte y abre la puerta, los guardias de SEPSA corren y dicen: — ¿Qué pasó aquí?, miren a esta maldita puta aquí adentro. Yo salgo, presa del genio, gritando: — ¡Que viva Cuba libre! Y dejo caer un pedazo del pene español en el pasillo, mientras mis amigos no saben que soy una nueva heroína, que la mujer está tomando el lugar que le pertenece. ¡Coño, que yo no me vendo!

CAMINO AL PARAÍSO

*S*er chofer no es tan fácil, el trabajo fuerte de la llave, el sudor en cada tornillo, en cada pedazo del carro que nunca lo agradece, llevo cuatro años de lucha para armar este camión de la granja avícola, cobro como chofer y hasta ahora soy un puerco mecánico, y Adela siempre está en la calle; me recrimina, habla del hambre, las necesidades de ropa, zapatos y que no tiene dólares para ir a la shopping, o dice: —¡Es una mierda lo que ganas!, no podemos tomarnos ni una cerveza, ¿para qué rayos vivimos?

Adela toma al niño de la mano y se lo lleva para la casa de una amiga, que vive sola y se buscan la vida como Dios quiere: unos hombres le traen la vianda, y otros la carne. Siente envidia por ella y quiere ser igual, aunque Juan esté en su casa dando llave en el carro para que ella y su hijo coman. La buena vecina toma el niño y se lo lleva al portal. Entonces, como estaba convenido, Adela entra en la habitación y el administrador de la granja avícola se sube sobre ella, la desviste y le dice —Te daré todas las gallinas del mundo, los huevos sobrarán en los platos de tu casa, —ella disfruta y jadea. —te haré gozar de lo lindo, te daré todas las aves del mundo, muévete y olvida que existe el reloj, que se desarme esta cama, no importa yo compraré otra y se la reponemos.

La cama chirriaba, como si en cualquier momento se fuera despedazar; *chirri chirri chaca chaca*; los muelles del colchón se les clavaban en las costillas, ellos cambiaban de posición y el jefe de la Granja Avícola le decía: —Maldición, ¿de dónde tú saliste mujer? ¿Dónde tú vives?, contigo me voy hasta pal fin del mundo, esto sí es una hembra pa' gozar, ¡una ricura para un hombre como yo! Y la cama al despedazarse, *chirri chirri chaca chaca.*

A ella no le importa tanto la comida, siempre quiso tener otros hombres, revolcarse con todos, ser como su vecina. Adela disfruta y no escucha el llanto de su hijo en el portal. En ese momento de placer, musitó unas palabras —Qué lloré, si él no llora sangre. —Y continuó diciendo —Soy feliz, como un venado en el herbazal, ¿te gusto macho grande?

—Sí, ricura. —Resopló el hombre. —No te vas a olvidar de mí.

La cama *chirri chirri chaca chaca.*

—No, no me voy a olvidar. Sigue, no pares que me muero.

Mientras ella se mueve como licuadora y besa al administrador de la empresa avícola, el niño se escapa de los ojos de la vecina y corre a su casa, donde Juan acaba de dar el último arreglo a su carro, ya arranca y da marcha atrás, entonces siente una masa debajo de sus ruedas, una explosión extraña, se baja corriendo y, entre la sangre y los sesos, reconoce los zapatos de su hijo, se arroja contra el suelo, maldiciendo al camión, a la vida, otra vez al camión que lo había hecho padecer tantos años de sufrimiento, el que hoy le devolvería las dietas de pollo y huevo de su trabajo, el maldito camión donde montaría a su mujer Adela, mientras la cama resoplaba *chirri chirri, chaca chaca, chirri chirri...*

CANÍBAL CON EVANGELIO EN LA CARRETERA

Esta noche no quiero comerme a ninguna, mejor sería hacerle el amor. Su carne debe ser blanda. Entre mis dientes sería lo ideal, ¡me he comido tantas mujeres!, los senos de esta puta hacen pactar hasta con Julio César. Con la cama que tiene mi rastra podría acostarla y pasarle la lengua por esos pies tan blancos, luego a las rodillas y ¡zasss!, no, no, que no me la comeré, sólo le voy a hacer el amor; qué manía esta que no se me quita. Es tan linda, esos cabellos largos sobre mi pecho y luego yo encima de ella, duro, duro, duro; hasta quebrarla en dos. ¡Dios mío!, no puedo ser así, qué ambigüedad de criterios, ¿o me la como o me la tiemplo?, bueno, la excito toda. ¡Ay, mi erección!, que ella puede darse cuenta, la tengo que se me quiere partir.

El camionero toma una toalla de la parte trasera de su asiento, y se la tira sobre sus piernas. Ella le mira maliciosamente y le dice: — ¿Qué, tiene frío? Él, ante la mirada de la muchacha, queda desvestido de razones y criterios, sólo piensa en tener una maceta de palo grande para darle por la cabeza y enamorarla y luego duro, duro, duro.

— ¿Sale usted a menudo a la carretera? —pregunta el hombre.

—Sí, dos veces por semana voy a La Habana.

— ¿Y eso?

—Na, buscándome la vida, traigo cosas y llevo, bueno, usted sabe cómo está la situación en el país, con la lucha mantengo mi gente, el dinero está malo. Mucho bloqueo y ciclones y ciclones. En estos meces habrá muchos, es lo que dice Rubiera, ¿no?, con tal que no se equivoque...

Ríen a carcajadas, él calla y continúa manejando, ahora ella es la que lo observa y piensa: Es bien alto, le tocan las piernas al timón y el pie lo tiene grande... Está oscureciendo. Con tal que no llueva. De seguro pasaremos la noche en la carretera y podré gozarlo, hace muchos días que no lo hago y ansío mucho a un hombre debajo de mí, y yo ahorcajadas sobre él, sentirme como pájaro flechado por el arquero.

Tiene el pecho peludo, desde luego los muslos también. Bueno, seguro que se le enredan, tendré que picarlos con una tijera. Casi siempre se los enredo a todos, en este va a ser igual, siempre son distintos, he conocido tantos; pero hasta ahora ninguno me ha machacado la vida. Trabajo duro; pero gozo, para eso está el condón. ¿Quién me va a quitar lo bailao'?

El rastrero, perdido en su mente, recuerda su anterior conquista: Aquella mulata estaba dura, tenía los muslos como tronco de madera; pero no me la quería comer..., después tendría el cargo de conciencia, hacerle el sexo y luego comérmela, qué va, eso iría contra mi ética. Ahora existe una educación, ya no hacemos rituales y gritos. Si Robinson Crusoe viera cómo yo lo hago se quedaría loco. Él en su isla criando ovejas en solitario, en vez de quitarse las ropas, untarse fango y resinas en la cara, coger un tolete y luego templarse a las mujeres de los caníbales y de ahí comérselos a ellos. Se quedaría como Rey de todas las mujeres y bien alimentado, después se las comería a todas, una a una. No hubiera estado triste y hubiese gozado más en vez de llamarles macabros animales.

Si se fajaban el ganador se comía a sus prisioneros, lo descuartizaban entre todos; es la lógica, claro, él no fue bobo y salvó a uno que se escapó y después le nombró Viernes. ¿Quién sabe lo que pasó entre ellos?, tanto tiempo juntos, si soy yo lo pongo en cuatro patas y se la afinco. Aquella mulata estaba en talla. Necesité pasarle la cuenta, eran varias libras de carne y unos verdes no vendrían mal. Y como hasta ahora todas habían sido blancas, pensé que la carne podía ser diferente, bueno, así lo era, un poco más hilosa y reseca. Les gustó mucho a los clientes de Peñas Altas. Esta me cuadra para introducirle los dedos en la vagina y sentir cómo late y luego que sus mieles humedezcan mis uñas, los brazos, mi pecho y hasta mi bigote, pasarle la lengua en remolino pa' dejarla loca.

—Si tienes sueño, puedes acostarte, las sábanas son limpias. -Ofreció el chofer.

—Bueno, gracias, así voy más descansada, acepto la camita.

Ella se acuesta de modo tal que su respiración queda bien cerca del chofer. A medida que dejan la carretera atrás ella se acerca y casi jadea. Él lleva un movimiento en su interior que lo hace acelerar y acelerar, sus partes se estremecen, su pantalón quiere romperse y quebrar los muros del silencio, él se pregunta: ¿Estará soñando? No mira para atrás; pero acelera y acelera. Es como si un fuego se adueñase de él, no piensa ni en el Dios de la carretera. Vive un momento volcánico, ruge como ciclón. Ella se percata, pero le gusta la locura y la violencia del sexo. Es una dama en desenfreno, liba promiscuidad como desamparo. Pasa sus manos en los muslos y en el vientre del chofer y gime lento. De pronto, él acelera y ella piensa en otros rastreros, en el pie grande de este y se voltea y voltea. Él no se atreve a mirar atrás, también siente hambre, pero el deseo es más grande y piensa: ¿Y si después que termine me la quiero comer? Bueno, si está soñando tendrá un rico despertar.

La rastra se detiene y el hombre comienza a tocar a la mujer, ella accede, frágil, lozana en toda la humedad como un augurio, como lobezna tras la insidia de otras cruces, ruge, medita y aguarda. Se levanta y al fin, encima de él, galopa en los matorrales del gozo, le pide se demore y jadea. Es la ebriedad de un destino hecho savia y fragor. Cuando él está a punto del estruendo rotundo, de soltar sus aguas volcánicas, ella toma una pequeña pastilla y de su boca la pasa a la de él y le dice: Es Viagra. Él la traga, ella continúa regodeándose, se toca y hace que él la toque, le pide la apriete y le dé duro. Ella suelta un quejido muy alto y tiembla fuerte. Él va sintiendo sueño y siente que su sexo se estremece y va haciéndose volátil. Ella ríe a carcajadas y se dice: Él nunca me preguntó cuál era mi mercancía. Ella goza su plenitud, y dispuesta a terminar con la aventura de esta noche, toma su cuchillo y varias bolsas de plástico. Pero una patrulla de la policía los ha seguido, por el exceso de velocidad, y además porque el rastrero había sido denunciado por homicidio y canibalismo. Cuando el policía abre la puerta de la rastra se queda estupefacto: —Matamos dos pájaros de un tiro. Tanto tiempo buscando a la vendedora de carne y mira... El mismo modus operandi, después dicen que caimán no come caimán.

*A*quí la lucha no es por encontrar a un yuma, si no encontrar quién te entra a la discoteca. Esto comentan las jóvenes que se reúnen en las afueras del Cabaret Tropical. Carmen se pregunta: —¿Qué vine hacer yo aquí?, esto no me gusta, es desagradable, miren la cara de esas mujeres que vienen ahí y las de aquellas que están sentadas en el murito. Andan casi sin ropa, fuman más que una chimenea y mascan chicles sin parar. Sobresalen con la ropa negra y los brillos...— Raisa le dice: —Carmencita, no nos predispongas, verás que te vas a divertir, dame tu carné de identidad, por si alguien quiere entrar con nosotras, para dárselo y entrar con ellos. Tiene que ser un tipo que no sea tanganero, para evitarnos problemas, y cuando entremos, cada cual por su camino. Mira, aquel nos está llamando. —No, qué va, a ese yo lo conozco y oye la bulla que tiene; pero hoy esto está malo. Hay poca gente y más mujeres que hombres, para entrar aquí no es fácil, aunque todavía es temprano, otras veces yo he venido casi a las doce de la noche y es la hora en que esto se prende. —Mira, ya empiezan a llegar.

Un Chevrolet 52 entra al parqueo, y unas cuantas motos pintadas de color naranja y verde limón, fileteadas con letreros. Ysied le dice a Carmen: —Yo pagaré la entrada de nosotras dos, son cuatro dólares, nos vamos a divertir, será más fácil para Raisa entrar ella sola, aunque esos guardias, los

SEPSAS, son insoportables y no llega ningún tipo que nos entre.

— ¡Dale, mira, por ahí viene uno! Atácalo a ver si entramos, no vamos a poder coger ni mesa. La muchacha se adelanta hacia el hombre: —Oye, papi. ¿No te hace falta alguien para entrar? Mis amigas ya tienen entrada, pero yo no. —Pues sí, ven, dame el carné. Esto de que la entrada es por parejas le ronca el mango.

Adentro es otra cosa. Las luces no paran de moverse, ese flash me tiene loca y las mujeres gritan tanto, y esa canción: — «Aé, aé, la zamba del diablo? Aé, aé, la zamba...» ¿A qué rayos vine aquí, a esta cueva oscura, llena de humo de cigarro?

Entre la música fuerte, los *happy birthday* y las latas de cerveza Bucanero pasando de un lado a otro, Carmen se sienta y recuesta su cabeza a una columna. Sus amigas bailan sin parar y cantan junto a la música: — «Sube, sube, hasta las nubes; baila, baila, hasta que caigas...» —Tómate un trago, Carmen, eso no hace nada, muchacha, diviértete. Tú sufriendo y él gozando, si todos son iguales, ninguno sirve —Raisa le da un empujoncito, y Carmen accede y se toma un trago de ron, y luego varios más.

Sin embargo, todavía se queda sentada y la música de fondo bien fuerte y ella pensando:

—¿Qué se haría él, que no lo he visto nunca más? —Sus amigas regresan continuamente y le traen cervezas, y ella toma sin parar; las otras la invitan a unirse al ruedo, ella niega con la cabeza y frunce el ceño. Continúan los juegos de luces y las mujeres que bailan, saltan y se mueven exageradamente. Los hombres se muestran dispuestos para la captura, ella está silenciosa, mira como si quisiera descubrir el pensamiento de todos estos locos que la rodean, las parejas se besan y se estrujan como si quisieran quitarse la poca ropa que les queda. Se pegan bailando y los hombres entran sus piernas entre las de ellas, las jóvenes se mueven y la cerveza fluye y los senos de las bailadoras sudan y ellos recogen el sudor. Es la discoteca del beso, el Tropical hierve y un calvo comienza a ponerle cerveza a las tres Marías: Carmen sigue sentada y las otras dos bailan sin parar. Están a la defensiva, ellas fueron al Tropical solamente a bailar, los que las rodean se creen cosas, como dicen las dos Marías bailadoras. La María sentada siente deseos de bailar y comienza a moverse en su silla, el calvo la saca a bailar y ella por fin se para y comienza a moverse levemente, va subiendo el ritmo y la música continúa: — «Sube, sube hasta las nubes, baila, baila hasta que caigas», ella siente un ligero mareo y decide sentarse nuevamente, el calvo saca a otra de las Marías y repite la tanda de cervezas bucaneros. Se encienden las luces y las tres Marías se disponen a retirarse de la discoteca, el calvo las intercepta en la salida y les propone llevarlas en su carro. Ellas se niegan, el calvo insiste, eleva la voz, salido de tono, manotea amenazante y por fin rompe una botella, los guardias de seguridad salen y llaman a la policía, las tres Marías se asustan. El calvo les dice:

—Malditas. Son unas descaradas, peladoras. ¡Yo les pagué la cerveza! ¿Y yo qué?

Las tres Marías y el calvo son conducidos a la estación de policía. Ellas sólo querían bailar, divertir el cuerpo. El calvo es llevado para un calabozo y a las tres Marías las dejan sentadas en la carpeta, a las dos horas se le pasa la borrachera al calvo y lo sacan. Carmen y el calvo se miran fijamente: era ella, la mujer que lo hizo disfrutar de lo lindo, la trigueña que conoció aquel martes lluvioso y con quien hizo el amor hasta el amanecer. Era él, el hombre de su pensamiento, el que toda la noche la hizo pensar que la música del Tropical solía ser muy aburrida.

El oficial en la carpeta de la estación de policía, marcó varias veces el número telefónico solicitado por el detenido. Karol no estaba en casa, acostumbraba a esperar a su esposo sólo en horas de la tarde. El oficial, impasible, timbró nuevamente y una voz femenina brotó por el auricular. —Karol, su esposo se encuentra detenido en la unidad policial, por abuso lascivo. ¿Usted va a venir a verlo?

La mujer se quedó muda, bajo un imprevisto derrumbe, el ideal que tenía de su esposo como ráfaga entraba por sus oídos y caía en pedazos contra el suelo. Entre sollozos le respondió al uniformado que iría pronto. Pasada una hora, llegó a la Unidad. El oficial la miró y sonrió con picardía, una gota de lujuria coloreaba su rostro.

Karol era una mujer llamativa, con el cabello negro y la piel blanca, recordaba el contraste de la noche con el día. —El detenido tiene una causa pendiente de abuso lascivo. — ¿Usted conoce bien a su marido? ¿Ha estado en la casa de su familia? Ella le respondió que no.

Para ella su esposo era un hombre tan correcto que nada de esto era posible. Él le había contado que tenía un hermano mellizo cuyo comportamiento no era nada bueno, pues había cometido múltiples robos. El policía le replicó: —Mire, es difícil que las computadoras se equivoquen, y cuando todo esto está ahí, es porque es verdad. Yo lo voy a sacar para que hables con él.

El policía se dirigió a la celda y trajo a Robert esposado, habló con Karol, le pidió que fuera a los tribunales y buscase el recurso de la contra-requisitoria; también le confesó que lo habían detenido por un problema de su pasado, pero no era de ese modo, lo habían inculpado de algo falso. Ella debía buscar en los libros, donde de seguro no existía ningún dato, y que le dieran un papel que lo probara.

Ese día Karol presintió que su esposo era un impostor ¿Qué se escondía detrás de la personalidad del esposo fiel y amante diario? Se fue a su casa y no consiguió dormir, tratando de unir ideas sueltas para saber quién era realmente Robert. Ella conocía su costumbre de mirar con cierta malicia a todas las mujeres; pero nunca lo creyó capaz de tanto, era una acusación muy seria.

Pasada las doce de la noche, sonó su teléfono. Karol se asustó, nadie llamaba nunca tan tarde. Tomó el teléfono sin encender la luz. Era el oficial de la policía que estaba de guardia, se había quedado pensando en ella: — ¿No has podido dormir, verdad? —Pues no. Estoy tan confundida.

—No entiendo cómo una mujer así, tan bonita, puede estar con ese hombre. Tienes un buen trabajo y una buena formación; saca ese hombre de tu vida, tú mereces algo mejor. Ella se quedó callada por unos instantes, y suspiró: —Todo esto me ha sorprendido, nunca pensé mal de él.

—Cuando viniste hoy aquí me percaté de que no solamente tienes una voz bonita, sino que también eres muy linda. Me dejaste loco, no me he podido dormir. Apuntó el policía de uniforme azul. Karol se sonrió. El policía, un hombre trigueño de unos casi cuarenta años, alto y bien parecido, le había resultado muy amable.

— ¿Cuántas noches has tenido que dormir sola?

—No sé, unas cuantas.

— ¿Y por qué?

—Por el trabajo de Robert. A veces tiene que quedarse hasta dos días fuera de casa, cuando sale hacer las compras con su jefe, un señor al que llaman Games.

— ¡No, eso es mentira! No existe ese señor, ni él trabaja tampoco, hace mucho que está desvinculado, desde que le salió la sanción.

— ¡No puede ser!, si él a veces se levanta a las tres de la madrugada para llegar temprano, trabaja muy lejos y yo me levanto todos los días y le hago café y desayuno.

—Pues has sido engañada todo el tiempo. Mira, yo busqué todo sobre Roberto. Te engañó el miserable.

Los gemidos de la muchacha estremecieron la línea.

—No llores, muchacha, esos ojitos están muy lindos para que sufran por quien no lo merece. Oye esto, quiero que escuches este poema.

La muchacha sintió nostalgia, dolor por la traición y a la vez una rara satisfacción por la voz lejana que le susurraba palabras suavemente como quien quiere desnudar a alguien poco a poco. Se dejó llevar por esa voz, y la noche comenzó a fluir en su conversación, él le ponía canciones y poemas y luego susurraba cosas que tomaban intensidad en el cuarto oscuro de Karol.

Pasada las cuatro de la madrugada, ya existía una pronta confianza entre ambos. — ¿Cómo estás vestida? —, le preguntó el oficial, y ella no pudo aguantar la risa, le contestó que con blúmer y ajustador solamente, él le dijo que le parecía verla y que deseaba tanto pasar sus manos por aquel cuerpo, y luego sus labios. El clímax aumentó, y el teléfono fue una especie de tercera persona cómplice de un contacto sexual que desbordó el éter. Ambos suspiraron y el nuevo día estaba por brindar su luz.

Karol se fue hasta los tribunales a buscar los datos, y realmente no existían, pues habían desaparecido como por arte de magia. Le dieron el papel, la contra-requisitoria, y al día siguiente llegó a la Unidad Policial, donde estaba otra vez de guardia su nuevo amigo. Era bien temprano, faltaba casi una hora para que comenzaran a llegar otras personas, así que el oficial la invitó a un cuarto, donde varias literas aguardaban vacías. Ella sintió el abrazo asfixiante del oficial, y se soltó en un esfuerzo, le dijo que, si estaba loco, la celda de Robert estaba muy cerca y podría llegar alguien, que se olvidara de lo ocurrido en su conversación telefónica. El hombre, preso de un repentino desespero, la agarró y consiguió tirarla sobre la litera más cercana, le levantó la saya y comenzó a tocarla; ella cedió a sus presiones. De modo casi brutal el hombre se le acostó encima y la penetró, y una eyaculación impetuosa, de sueño y luz, hizo desfallecer a aquella mujer que anhelaba con ímpetu ser poseída por un hombre que la hiciera olvidar al desgraciado de Robert, no un tipo que soltara sus aguas en un santiamén como este.

El policía se convertía para Karol en otro absurdo, en una negación al fuego de la noche anterior. Pensó que la lujuria no es sólo de los convictos, que detrás de cualquier hombre se esconde un demonio, una fiera que busca el momento exacto para saltar encima de su presa..., este estúpido que lo mejor que tiene es la pistola, un olor a cuero y sudor arriba que le ronca el mango, policía venío, qué blandito me salió. Es mejor templando por teléfono, no me aguanto un raund.

Cuando Robert salió en libertad, Karol lo echó de su casa. Al otro día, la muchacha se fue hasta al pueblo donde él había vivido, y averiguó dónde se encontraba la dirección de una señora cuyo nombre, Agnes Marcell, aparecía junto a un número telefónico que había descubierto en la agenda de su ex esposo. La recibió una mujer entrada en años, quien, al escucharle mencionar el nombre de Robert, entró en cólera. A duras penas, Karol logró tranquilizarla y conversar con ella. Agnes le contó que Robert había sido su marido hacía varios años, pero ella tenía una pequeña hija, de un matrimonio anterior, y como su trabajo la obligaba a llegar a casa bien tarde en la noche, siempre dejaba la niña al cuidado de Robert, porque tenía confianza en él: fueron siete años de casados, y cuando lo conoció, la niña tenía sólo seis años.

—Ella se puso muy engreída con él, Robert la acostaba en la cama y le besaba el pipi. La niña no se quería despegar de él, y cuando creció empezaron los conflictos entre nosotras, se puso muy rebelde conmigo. Una noche el maldito llegó borracho y yo estaba en la casa, la niña estaba acostada y él le dijo que había llegado el momento de hacerla su mujer, ella comenzó a gritar y yo salí del baño, le fui arriba con odio y ahí fue que supe la historia de ese desgraciado, ¡lo que quiero es verlo muerto!

— ¡Dios mío, pero todo eso no puede ser!

— ¡Sí que lo es! Y yo tuve suerte, porque estuvo casado con una enfermera, que trabajaba en las noches en un hospital, y se acostaba con su hija y le daba dinero a la muchachita para que no dijera nada, y comenzó a llevarla a un hotel, y un día le dijo que si se dejaba penetrar por detrás le pagaba más: la muchachita, que no era fácil y hasta tenía varios novios en su escuela, se dejó hacer aquello y quedó muy maltratada, la madre comenzó averiguar y lo descubrió todo; pero ese tipo aún sigue suelto y no hemos logrado que pague lo que ha hecho.

—Y, dígame, Agnes. ¿Usted sabe dónde encontrarlo?

—Antes sabía, porque él vivía conmigo; pero lo boté de mi casa y ahora no sé nada de él. Estuvo detenido, pero ahora está suelto.

Cuando Karol, acompañada de Agnes Marcell, se presentó otra vez en la unidad policial, salió el oficial Jean-Paul a recibirla. La otra, adelantándose, pidió hacer una acusación, y el oficial la miró intensamente, casi sonriendo, con ganas de hacerle el amor. Karol Varda se quedó estupefacta. Entonces consideró que tenía hambre, cansancio y desolación, y se despidió de la mujer:

—Me voy, me queda mucho por recorrer. Ahora sé que no todo lo que parece bueno no es; y no todo lo que es, suele ser bueno.

Por la noche, el policía llamó a Agnés Marcell, diciéndole: —Tú eres una buena mujer, te mereces algo mejor. Ella le respondió, y usted es un policía, se puede saber ¿por qué llama a esta hora?

EL ENANO DE LA CIUDAD DE LAS ESCULTURAS

Nunca antes vi pegarle a ningún ser humano de aquel modo. El cochero le daba con la fusta de arrear al caballo, y el látigo se ensañaba contra su cuerpo. El cochero le gritaba: «¡Enano maldito! ¡Cabrón!¡Ya se lo hiciste a mi hermana! ¡Te voy a matar por enfermo!» Unas muchachas los rodeaban, gritando también, pero sin intervenir. Llevaban algún rato en aquella esquina, en la salida de la ciudad, procurando un aventón carretero abajo, cuando sucedió el espectáculo.

El enano se les había acercado con aquello, largo y tieso, en la mano. Y ellas que no podían creerlo, se habían quedado inmóviles ahí, mirando aquella metáfora no enana que ondulaba fuera del short del hombrezuelo, colgando como un trípode trapezoidal que impresionaba y asqueaba al mismo tiempo a las temblorosas mujeres. El enano les fue arriba, como poseído por un impulso irrefrenable, diciendo obscenidades al acercarse, como un motor que arranca y cambia sus velocidades, y el tubo de escape resopla y las ruedas giran como el tronco del enano que quiere soltar la caja de bola y amenaza con atropellar a las mujeres con sus ojazos. Las mujeres, tropezándose unas con otras, se echaron unos pasos para atrás, pero el enano se les acercó todavía más.

Aquel ser aberrante había abandonado el país con la enorme fuga de la escoria, pero un tiempo después fue repatriado, es decir, devuelto como sujeto despreciable, tras ser declarado persona no grata en los Estados Unidos. Ahora pasea por la ciudad en una bicicleta, también enana, y las gentes le gritan horrores, le odian porque muchas mujeres ya tienen alguna historia con el enano, el enfermo mental que anda amasándosela por las terminales y en la carretera, cuando el transporte se pone malo, y él se aprovecha, le importa poco que lo golpeen o lo metan a la prisión, pues al día siguiente, su cuerpo adolorido y maltrecho vuelve a salir a lo mismo de siempre.

Se pone el short enano con los bolsillos rotos, sale en su bicicleta y elige una o varias mujeres desprevenidas, en cualquier punto de la ciudad; entonces se les acerca, detiene su marcha, y realiza una operación ensayada mil veces: simula arreglar la cadena de la bicicleta, se sacude las manos sobre el short, entra las manos en los bolsillos rotos, y ya entonces gime, grita como un demente, con los ojos redondos, que parecen limones patisecos, que tratan de esconderse en la gorra que no es enana porque tiene la cabeza grande, y se la enseña a todos.

En cualquier punto de la Ciudad de las Esculturas te encuentras al enano, sobre todo en las grandes aglomeraciones: en el estadio de pelota, en la feria donde se venden los productos alimenticios, y especialmente en las colas.

Todavía se jacta de haber vivido en Nueva York; y de que visitó el Museo Guggenheim. Pero no cuenta sobre la ayuda que recibía de las monjas en una iglesia, donde le daban de comer y hasta un lecho donde dormir al infeliz enano. Las monjas no sospechaban su costumbre de seguirlas hasta el baño, y de masajearse espiándolas, sin pensar en Dios ni en Jesucristo, ni en el Purgatorio adonde le conducirían sus malditos deseos de andar babeado detrás de las hermanitas.

Tampoco cuenta que entró escondido al Vassar Collage, del cual le habían dicho que era una institución para la formación superior de las féminas, y fue sorprendido ojeando con desespero detrás de los cristales, lo echaron a patadas de allí unos cuantos hombres, estudiantes varones, pues el colegio ya era mixto. Eso nadie se lo había advertido.

Dos mujeres, vestidas con jeans y tacones altos, aguardan en la salida de la ciudad algún carro que las lleve de viaje. Por la esquina han visto venir al enano, y enseguida lo reconocen. Lo dejan acercarse. Cuando el hombrecito se baja de la bicicleta, se paran frente a él, le silban, se bajan el escote de la blusa y le sonríen. El enano abre los ojos, los ojazos redondos, y una de ellas se baja el zípper del jeans.

El enano comienza a bizquear, sus ojos ya no son tan redondos, más bien parecen un semáforo a punto de estallar. Un carro se aproxima, las muchachas le hacen señas y lo detienen un poco más allá, echan una breve carrera y lo alcanzan. El enano se queda atrás, atónito, inmóvil, como una más de las estatuas de la ciudad. Se desespera. Quisiera desahogarse con las próximas mujeres, las que ve más allá.

Yo estoy allí, pero también lo reconozco. Agarro un palo del suelo, por si acaso intenta acercárseme. Otras mujeres que me rodean han descubierto al enano, que camina como un zombie, los vemos venir hacia nosotras, se arremolina contra las primeras que alcanza, alegoría en mano.

El cochero se lanza también hacia nosotras como un proyectil, arrojando al suelo el saco de hierbas recién cortado para su caballo. Llega en un santiamén, antes de que el enano pueda darse cuenta. Saca la fusta. El aire se parte en dos pedazos, y la fusta arremete contra el enano, suenan dos rápidos latigazos. El enano se encoge, masoquista, soportando el golpe sin huir, y nos mira de reojo con picardía de rescabucheador, y se encoge más y más sobre su bicicleta enana, gritando casi con alegría: « ¡Ay, ay, ay!», pero entra las manos en los bolsillos rotos buscando con desespero su metáfora; se planta en su posición firme para disfrutar mejor los golpes y lanza chillidos agudos de placer.

El cochero no cesa de golpearlo, gritándole: «¡Puerco, cabrón, descarado!». El enano sólo piensa en irse a la otra salida del pueblo, donde se llueven las mujeres que hacen señas a los carros. Sabe que la Ciudad de las Esculturas está dotada de oscuros escondrijos, de salidas y entradas, de bosques donde los artistas han tallado grandes piedras. La inmortal Rita Longa no irá a hacer señas a la carretera. Nunca hará la escultura de un enano que recuerde los óleos de Picasso. Aunque al enano de su ciudad lo hayan sorprendido acostado encima de las mujeres de piedra, las que ella esculpió dentro de la Fuente, donde el enano purga sus deseos.

Es su paraíso, un bosque escultural donde los pajizos se esconden y por donde las mujeres pasan corriendo, como si a cada instante pudiera aparecérseles el pequeño demonio, con la metáfora en ristre.

DIDELFOS

*L*os hombres deberían ser como los canguros. Es grotesco eso de andar con su aparato copulador colgante, si tuvieran una bolsa como ellos podrían guardarlo dentro. — ¿Y los canguros tienen dónde esconderlo? —Preguntó la mayor de las cuatro mujeres que conversaban. Las otras tres se miraron con asombro y contuvieron la risa.

III

DETRÁS DEL CAMPANARIO

Nunca habló del motivo de su obsesión,
ni fuimos tan indiscretos para interrogarlo.
Aunque lo hubiéramos sabido, nuestra fuerza
y ayuda no hubieran servido de nada.

JORGE LUIS BORGES

PIROPOS

*L*a muchacha en la calle Reina gesticula con gracia, mientras habla desde un teléfono público. A su lado, una amiga le acompaña. Dos hombres se acercan, y el más joven interrumpe a la que habla:

—Ay, mamá, qué tetonas para ponerles mi timón en el centro y coger por la médula de tu carretera, entre esas montañonas, so rica, bandida, para apretarte y desgraciarte. Qué bolonas, mama. Mira, oriental, esas sí son tetas, no las basuras de aquí de La Habana. Apetitosa, suculenta, las tienes como caramelo. Están buenas para hacer un dulce de toronjas. Yo si duermo como un niño, dentro de ellas, prueba conmigo, teti teti.

Las muchachas, pasmadas, en el primer momento no saben cómo reaccionar. Pero, enseguida, la del teléfono replica:

—¡Mira, so fresco! ¡Grosero! Aquí los hombres no respetan a nadie.

El hombre mayor, agarrando al otro de un brazo, interviene:

—Compadre, no te metas con las muchachas, déjalas tranquilas. Tú siempre en lo mismo, chico, siempre es un problema cuando salimos a la calle. Déjalas tranquilas ya.

Al oír aquello, las muchachas se miran con discreción, tratando de disimular una sonrisa agradecida por el firme tono de su defensor. Entonces, el hombre termina su discurso:

—Que no hay un día que salgamos y tú no te metas con alguien, coño.

Deja las muchachas y vámonos, chico, ¡deja ya esas ubres!

ESCAPE

*L*a belleza no lo es todo en la vida. Mi mujer es buena hembra, la más linda del pueblo; pero Claribel es otra cosa, gordita y con pecas, adorablemente inolvidable.» Así pensaba Álex mientras conducía su camión azul. Hombre de dinero, con buena residencia y una casa en la playa. La situación en su hogar se tornaba cada vez más difícil, pues Betty, su esposa, estaba enterada de que el hombre tenía una amante. Las discusiones en la casa iban en aumento. Apenas una semana atrás, la mujer había ido a la casa de Claribel para abofetearla: « ¡Ramera de mierda!», le gritó, arañándole el rostro como si pudiera arrancarle hasta las últimas pecas. Betty estaba bien advertida de que la otra, durante buena parte de su juventud, había gozado la papeleta, que no fueron pocos los hombres del pueblo con los que tiró una cana al aire; pero ahora le robaba el calor del suyo, de su Álex, y la casa de la puta mejoraba, el hombre se la arreglaba con nuevos muebles. Álex se había enamorado de Claribel y el sexo lo amarraba, no se había ido a vivir con ella por su pequeño hijo, al que también amaba, y era un hombre definitivamente preso en esa trilogía de la belleza de Bety, la lujuria de Clarisbel y la ternura de Fernandito.

Su esposa comenzó la persecución, nunca faltaba quien le avisara si los veía juntos. En una ocasión le dijeron que estaban en la playa, alquiló un taxi y los sorprendió en la casa. Otra vez abofeteó a Claribel, y su marido se la llevó a la casa, diciéndole que ella era una mujer decente, que cómo iba a andar detrás de él, que ella era su esposa. Betty sufría cada noche la soledad, el escape de su hombre, maldecía y odiaba con furia a esa mujer.

Una tarde, al llegar a la casa, Álex dejó el camión y se subió a su máquina de paseo. La esposa lo vio salir, y adivinó que se iba a la playa con la otra, a disfrutar de una nueva borrachera.

Claribel lo esperaba con un par de botellas de ron Havana Club, sólo después de vaciar la primera salieron para la playa. El hombre, eufórico, aceleró la máquina al máximo, y se dispuso a competir con el camión de un amigo, que al parecer también se estaba dando una escapada. La sensación de velocidad aceleraba su pulso, y el rostro de alegría de Claribel, empapado de sudor, dejaba caer espesas gotas sobre sus muslos; ella estaba feliz, con una risa desenfrenada. Los dos reían continuamente, ella decía: «Acelera, papi, dale más duro...» Él pisaba el acelerador hasta el fondo, y sacaba la botella por la ventanilla, para que el otro chofer la viera. « ¡Corre, cobarde, alcánzame!» Claribel le suplicaba: «Aprieta, mijo, que nos alcanzan». Betty, en su casa, sintió un susto que la ahogaba, se fue al balcón y dejó escapar con la brisa fría de la noche sus quejidos, cada vez más intensos. Claribel seguía riendo locamente, sin frenos; y Betty sentía una punzada insoportable en el pecho, llorando el olvido, la traición de su esposo, el desengaño. La otra le apretaba el muslo a su desbocado chofer.

Betty se quitó sus ropas, y un soplo húmedo le recorrió la espalda, se acostó en la cama y comenzó a acariciarse, tocándose sus protuberancias, sintió el calor sobre sus dedos y el grito de placer, huyendo de aquel cuarto cerrado, salió a las afueras. «Dale, pipo, aprieta, que aquí hay una mujer», dijo la otra y levantó sus piernas y las cruzó sobre la cintura de Álex, y una carcajada estruendosa cayó desde la ventanilla de la máquina, y se hizo pedazos en la carretera. Abrazó el pecho del hombre con fuerza, casi no lo dejaba respirar: «Te cambiaré la velocidad», le dijo, y su mano se escurrió por las portañuelas del chofer. El hombre estaba sofocado, le gustaban las putas, para que hicieran de actrices y de bailarinas, les decía Meryl Streep, menéate, Greta Garbo, ven bajo la máscara del placer. De pronto, la curva pasó ante él a toda velocidad, tiró los frenos y gritó: « ¡No responden, coño! ¡Esto no para...!» El golpe fue violento, contra un poste de alta tensión. Betty soltó un suspiro de placer, se acarició los senos y volvió a contemplarse en el espejo: «Yo también soy Meryl Streep», se dijo y levantó una pierna hasta colocarla sobre la mesa de noche, para iniciar una danza de suaves movimientos. Súbitamente, abrió los ojos, y un escalofrío de terror recorrió su cuerpo.

Al llegar al hospital, le dijeron: «Están muertos». Betty levantó la sábana, y abofeteó el rostro de la otra con ira: «

¡Puta!», volvió a gritarle. Claribel tenía aún el rostro sereno, con su sonrisa casi eterna, la misma lujuria que humedecía su boca mientras rogaba: «Dale, papito, acelera, que nos alcanzan».

EL DIABLO, UNA MUJER Y EL NIÑO

Cuando era chico se paraba a veces
en el baldío lleno de sombras,
de espaldas a la casilla, y miraba
todo el montón de estrellas que tenía
por encima hasta que empezaban a saltar
de un lado a otro del cielo
y le entraba miedo.

HAROLDO CONTI

Por un personaje de la novela El Hueco.

DE ANA ROSA DÍAZ NARANJO

*H*ay mujeres que buscan a Dios cuando ni siquiera el diablo quiere saber de ellas. Lidia tuvo hombres de todas las razas. Había llevado en su juventud una vida desordenada, visitaba brujeros, espiritistas y santeros, y tuvo ocho hijos: cinco hembras y tres varones. Todos se los dejó criar a Dora, una amiga cuyo esposo, hombre de carácter fuerte, solía castigarlos arrodillándolos sobre un guayo, y al mismo tiempo haciéndolos sostener un ladrillo en cada mano. Eulicer, el mayor de los varones, con sólo ocho años tenía que cargar toda el agua para la casa. Era un niño de complexión delgada, ojos claros y piel blanca, por eso le quedaban las marcas en sus hombros y espaldas, cuando apoyaba sobre ellos todo el peso del palo y las dos latas de agua colgadas de sus extremos.

La casa de Dora era un lugar de reunión familiar. Allí venían a parar sus hijas cuando se divorciaban, y traían a rastras sus respectivas proles. Eulicer tenía que cargar todavía más agua para que todos se bañaran, para lavar grandes bultos de ropa y para la cocina. Todo iba a caer encima de su débil cintura, del adolorido cuerpo que en las noches descansaba sobre un camastro de saco de yute y hojas de plátano.

Las hijas de Lidia, apenas pudieron, se escaparon con sus novios, por no soportar los maltratos de Erasmo, el marido de Dora, que se quejaba constantemente de la manía de su esposa de recoger a cuanto muchacho una mala madre abandonaba. Pero Eulicer seguía quedándose allí, llorando cada vez que su madre venía a verlo y la veía irse, la miraba hasta que desaparecía de su vista, y él tenía que esconderse las lágrimas porque Erasmo, si lo sorprendía, le gritaba: « ¡Trágate el llantico, carajo, cállate!»

El primer regalo que le hizo Erasmo fue un caballo flaco, en el que Eulicer se iba a buscar viandas en las fincas cercanas. En casa de Dora —o de *los Muchísimos*, como los llamaba la gente del barrio— se cocinaban ollas grandes de caldo y viandas, era imposible hacer una buena comida. Un día hubo que vender el caballo, y el niño volvió a llorar y no vio ni un peso del que había sido «su» regalo; y se quedó tranquilo en un rincón a rascarse la cabeza, porque los piojos le caminaban por la frente.

Otra vez, casualmente, un vecino se percató de que el pene del niño se le había puesto casi negro, lo tenía inflamado por una infección, y es que Eulicer ni siquiera sabía cómo asearse. Hubo que correr tras él, aguantarlo entre varios mayores y limpiarle el glande, sucio de cuanto se había almacenado por mucho tiempo entre los pliegues del prepucio, en aquel lugar donde una madre debe enseñar a lavarse al futuro hombrecito, y que estaba a punto de podrirse.

Eulicer era un niño temeroso de los truenos y del viento, y detestaba la oscuridad. Por ello Erasmo lo obligaba todas las noches a cambiar el caballo de sitio, según decía, para que comiera mejor. A veces tenía que llevarlo hasta una enorme ceiba distante de la casa, de sólo escuchar aquella orden el niño comenzaba a temblar y sus labios se ponían anchos encima de los dientes que repiqueteaban. Lloraba en los rincones cuando el dueño de la casa le pegaba con la funda del machete y los verdugones morados en la espalda, en sus brazos y piernas daban lástima. La sangre se coagulaba en la piel blanca, piel de niño rico, nacido de familia pobre.

A menudo se le enfermaban los ojos y en las mañanas se limpiaba las legañas con el rocío de las matas de yuca; y aquellos ojos sucios producían a sus maestros, un escozor igual al de su cuello adornado con collares de churre. Cuando caminaba hacia las matas de yuca, extendía los brazos para no tropezar con los obstáculos que no podía ver, hasta que percibía el olor fresco y húmedo, las gotas de rocío que empapaban sus manos chorreaban su alivio entre los párpados pegajosos y amarillentos, y poco a poco se iban despegando las pestañas y él conseguía mirar el amanecer, con la desolación de un nuevo día, sin muchas esperanzas.

Sus juguetes fueron pomos vacíos, amarrados como si fueran yuntas de bueyes. Lleno de tristeza y temor se escapó de la casa; pero el castigador fue a buscarlo y el correctivo fue más fuerte, el niño no le había llevado el agua para el baño ese día a Erasmo.

Un día Lidia vino de visita a la casa de su amiga, y el niño lloró tanto que tuvo que llevárselo, aquel día se alegraron los ojos tristes de Eulicer. Comenzó a vivir con su madre y un padrastro que odiaba darle comida a aquel niño que no era hijo suyo. El hombre quería toda la comida para él, comerse varias bolas de pan, una detrás de la otra, atragantarse y vociferar, con la boca llena, que no quería ver a ese muchacho, muerto de hambre, que se apartara de su vista. Caminaba de un lado a otro como un loco, con la camisa mal abotonada, aparentando que le sobraba una punta, el pantalón manchado de tizne, con dos sombras en la parte trasera, de limpiarse las manos. Hablaba sin parar, en jerigonza como lenguaje chino, que pasaba por un español a tropezones, con mixtura siquiátrica y glotona. Lidia le decía al niño: « ¡Cómete la comida rápido, que él está por llegar!». Ya Eulicer era un jovencito y lloraba, no quería estudiar, no le gustaba ir a la escuela con sus zapatos viejos, un día por fin se escapó por el balcón del aula y nunca más supo de estudios.

La casa de su madre era un sucio cubil, con pedazos de nylon y ripios de trapo regados en cualquier rincón, y la peste a orine del padrastro que toda la noche parecía sufrir de salideros. Eulicer no se adaptaba a lo sucio, se sentía bien con la familia de un amigo suyo, en cuya casa ayudaba en todos los trabajos y hacía los mandados. Su amigo Francisco era fiestero y buscador de putas. Enseñó a Eulicer cómo enamorar a las mujeres, lo ayudaba a vestirse, hasta que Eulicer se volvió también un conquistador. Francisco había estudiado, le prestaba libros y buscaba en el alto del librero cuadernos de poemas para decirlos a las muchachas. Eulicer adquirió la costumbre de llevar a la cama a sus amigas, con unos famosos versos: «Mi táctica es mirarte, aprender cómo eres, quererte como eres, mi estrategia es en cambio, más profunda y más simple, mi estrategia es que un día, no sé cómo, ni cuándo, ni sé con qué pretexto, por fin me necesites...» Seguro Benedetti no imaginó cuántas mujeres lograron el orgasmo a costa de su *Táctica y estrategia...*

Eulicer se fue a la calle, a luchar su vida en los barrios malos, lejos de su madre. Le dio por fumar y emborracharse, y comenzó a pernoctar en los bancos oscuros de parques y terminales. A menudo, Francisco le daba comida, le prestaba alguna ropa y hasta lo dejaba dormir en su casa. Eulicer se aficionó a un cocimiento alucinógeno, que preparaba a partir de las hojas de una mata llamada Lirio, y se volvió problemático. La policía lo incluyó en el catálogo de muchachos malos del barrio, cuyo líder era Tabito.

Ya no es un niño indefenso, pero sufre peores pesadillas. Ahora ve pasar trenes a toda velocidad y monstruos que se le aproximan con las bocas abiertas y un caballo que vuela y trae a un niño moreno en la boca, se lo traga y comienza a rumiar, el muchacho mueve las extremidades, y él se manda a correr porque cree que se lo comerá a él, grita y salta, el caballo tira de un coche y tiene unas crines rubias y de momento se le convierte en una mujer que vuela, o en una bruja, que le dice: «No eres Eulicer, tú perecerás en el foso de los leones y Daniel estará cenando con tu padrastro y querrá que te lance a las garras de los animales».

Una noche, en la terminal del ferrocarril, conoció a Meliza, mujer seductora y amante del ron y el dinero. Ella era exigente, se hacía acompañar de los viejos para que le pagaran comida y ron. Sus encuentros con Eulicer fueron cada vez más frecuentes, hasta la tarde en que uno de aquellos ancianos los invitó a tomar unas cervezas en el bar más cercano. Meliza vio que la cartera del viejo tenía mucho dinero, y le susurró a Eulicer que podrían asaltarlo. « ¡Conmigo no cuentes!», fue la seca respuesta del muchacho, y se marchó de aquel lugar; pero ella invitó entonces a otros amigos de borracheras, y entrada la noche lograron arrebatarle el dinero y escaparse. Apenas un rato más tarde, Eulicer, con unos tragos de más, no pudo reprimir sus deseos de buscar a Meliza, pero cuando volvió al bar, sólo encontró al viejo y a unos policías.

A Eulicer se lo llevaron preso, aunque él no había siquiera tocado al viejo. Los ladrones fueron atrapados uno tras otro. En el juicio se escuchó la voz del juez: Meliza Díaz, dos años de prisión; Jorge Luis del Toro y Ramón Flores, dos años de prisión domiciliaria; y Eulicer Villarreal, dos años de prisión. Una vez más, Eulicer conoció el hambre, también la suciedad existencial, la cárcel hecha para los hombres, la vulgaridad, las broncas; todo esto unido a la peste en los baños dentro de la celda, la ira de los presos y la muerte rondando en los ojos de todos; era la ley de la jungla. Eulicer era un preso sin mujer, ni pabellones, con los gritos de Erasmo todavía en sus oídos diciéndole que buscara el caballo y trajera viandas para todos.

Al mes de estar en prisión, recibió una carta de una prima suya, reclusa también en la cárcel de mujeres, que decía: *Querido primo: Si vuelves a escribirle a Meliza, olvida que somos familia, ella es lesbiana y anda con las machorras de la prisión. Saludos, Clara.*

Nunca volvió a escribirle a Meliza. Su madre le llevaba jabas de comida los días de visita: Lidia era la única persona querida que veía desde que cayó allí. Su amigo Francisco le pagaba la cuota de cigarros que dan a los presos. Y una vez lo visitó su padre, un putañero de la calle con un chorro de hijos y mujeres, tipo parlanchín y mentiroso, que se jactaba de saber de todo y haber sido cualquier cosa. El muy miserable le prometió que volvería y que le iba a traer cigarros, pero la promesa quedó del lado de acá de las rejas, mientras del lado de allá el hambre y la muerte siguieron jodiendo a los hombres, aunque los políticos dijeran que hay que mejorar el sistema penitenciario, con cuatro palos bien dados a quien se queje mucho o diga lo que un policía no quiere oír, y una gota de agua cayendo constante sobre la frente del castigado, la frente por donde se hará un subterráneo, o manará un manantial frío, sin poder definir si la gota cae del techo, o si se está soñando en aquel hueco donde sólo cabe un hombre de pie.

Eulicer se puso rabioso por la carta, y le dio una entrada a golpes a otro preso que lo llamó cornudo. El guardia lo sacó y lo puso en la celda de castigo, mejor conocida como «La Bartolina». En la noche, llegó el caballo y él sentía que era un cuerpo-árbol, que la gota de agua constante sobre sí, le había hecho crecer unas ramas frondosas, y el caballo vendría alimentarse y tragaría los gajos y luego, al rumiar, sus brazos en trizas se regarían a sus pies, en el poco espacio que quedaba en aquella celda. Y enseguida soñó con el libro despedazado que estaba en el baño, para limpiarse las nalgas, de un tal Jorge Luis Borges, recordó que decía: «Vi una plateada telaraña en el centro de una negra pirámide, vi un laberinto roto (era Londres), vi interminables ojos inmediatos escrutándose en mí como en un espejo, vi todos los espejos del planeta». La gota de agua caía insistentemente en la cabeza del recluso, humedecido todo su cuerpo, miles de gotas de agua corrieron por su pelo, hasta los pies entumecidos que cambiaban de posición, despertaba y decía: «Vi la noche y el día contemporáneo, vi un poniente en Querétaro, que parecía reflejar el color de una rosa de Bengala, vi mi dormitorio sin nadie, vi en un gabinete de Alkamaar un globo terráqueo, entre dos espejos que lo multiplicaban sin fin, vi caballos de crin arremolinada, en una playa del Mar Caspio en el alba». Soltó un grito, despertó y sintió que muchas arañas caminaban por la pared, que saltaban a su cuerpo y bajaban a sus piernas, las cuales habían dejado de tener frío, y un calor subía hasta su cabeza, el cuerpo ardía del calor, aquella agua no servía para quitar ese fuego que nacía desde dentro y le ponía los ojos rojos, y un ardor en las piernas y en los brazos que se comió el caballo, y que él daba por real y comenzó a gritar, díganle al caballo que se marche, no me da la gana de que me coma, no quiero que esté conmigo en este agujero. Desde aquí yo lo veo todo y no se lo voy a decir a ningún otro preso para que me dejen aquí para siempre con los astros, y el mar que deja que la luna por las noches tome de sus aguas y las sirenas son liberales, no traicionan a sus amantes, ni le roban el dinero a los viejos, Tritón está aquí y los defiende, él es el Juez... Eulicer comenzó a sudar abundantemente, una mixtura de sudor y agua fue cayendo a sus pies y abrió los ojos, pensó en la tristeza de sus hermanas, ellas resultaron muy nerviosas, incapaces de olvidar su niñez. No pueden entender que Dios exista. No entienden que Dios les haya permitido nacer aquí y no en otro sitio. Eulicer recuerda los castigos que les propinaba Erasmo, cuando los arrodillaba sobre un guayo al sol, con un ladrillo en cada mano, y al pararse sus rodillas sangraban y el dolor se asemejaba a este que ahora siente en sus piernas entumecidas que llevan tantas horas en la misma posición.

Abrieron la puerta de la celda y una luz fuerte entró reflejándose en su rostro: «Vamos, para afuera, que le toca a otro». «No y no, de aquí no me marcho, este es mi Aleph, me lo regaló ese tipo, se llama Borges. Nadie podrá ver lo que yo he visto, ¿es envidia, verdad?» «Salga, hombre, que hoy es el día de visita. O lo vamos a trancar un mes ahí, para que no se le olvide nunca, ni ese amigo que usted tiene, ahí adentro».

El recluso 1203 escucha una voz detrás de él que le dice a otro preso: «No matarás, no traicionarás, no levantarás falso testimonio, amarás al prójimo como a ti mismo». Reconoce la voz de su madre, Lidia le da un abrazo, sigue siendo la única visita que ha tenido. Ella le cuenta que se ha mudado a otro reparto, allí conoció la Biblia, arrojó sus santos, los demonios, desde ese día no quiso saber más de San Lázaro, ni de Santa Bárbara. Ahora es una mujer decente, no se pone vestidos cortos, y cuando las jóvenes pasan vestidas a lo tropical murmura: « ¡Que Jehová las reprenda!» Lidia odia a los brujeros y a los santeros, dice que todas esas son falsas religiones y repite: « ¡Es Babilonia la grande, la que destruirá Jehová! Estamos llegando al final, se está demostrando con testimonios».

Eulicer pasó dos años duros de prisión, sin salir ni a trabajar, pues su tarjeta de salida se había extraviado de alguna manera, por lo que estaba confinado dentro de cuatro paredes húmedas, aguantando la peste de otros reclusos que iban y venían de trabajar y tiraban sus ropas sucias en una esquina, las medias empercudidas y el olor a amoníaco que salía del orine del baño como una mezcla singular, que le recordaba el orine de su padrastro en aquel cubo viejo y con salideros.

Una tarde entró a su celda un presidiario nuevo y quiso buscar problemas, Eulicer tuvo que propinarle unos golpes: esa noche no durmió bien, ni la siguiente, tenía que estar atento por si el otro lo agredía, fueron tres noches de tensión. El nuevo e inoportuno se llamaba Miguel, le habían echado veinte años por matar a su mujer y a su suegra. Todos los presos de aquella celda habían caído por darle muerte a alguien, entre ellos se encontraban hombres con veinte o treinta años de prisión en sus espaldas. Miguel entonaba canciones nombrando a las mujeres perversas, decía que le daba lo mismo volver a matar y que si esa maldita volvía a vivir él la asesinaba de nuevo. El degenerado entró en problemas con otro recluso, un viejo de casi sesenta años que no hablaba mucho, el anciano se paró y le atravesó un muslo con un punzón, los quejidos aterrados de Miguel hicieron venir a los guardias, la sangre le corría por toda la pierna, se lo llevaron para el Hospital.

A la celda de enfrente trajeron un hombre que había violado a una niña de nueve años; se pasó la noche dando gritos, pero a los guardias eso no les importa. El que entra por violación pierde en la cárcel la hombría, se la arrancan los otros presos, lo violan y le pasan en carretilla como quien juega con una pelota, se convierte en la cantimplora de la celda y después lo envían a la patera, una celda donde están los presos homosexuales, que se visten de mujeres, Manueles que comienzan a llamarse Manuelas, o adoptan apodos singulares, como La Aplanadora, La Retranquera, cuantos nombretes inimaginables puedan surgir allí.

Un guardia toca fuerte en los barrotes y dice: «Eulicer Villarreal, queda en libertad». Eulicer se levanta con una alegría inmensa y se despide de los demás reclusos, para volver a la calle, a las broncas y al alcohol, a casarse más de diez veces y, en sus borracheras, pensar en la celda de castigo y el caballo de crines que se come al negrito, y se traga los gajos del árbol, que eran sus brazos, y el caballo vuelve a ser la mujer, que se echa a volar en una escoba. Entonces, Eulicer sufre las viejas iras y golpea a su esposa, una mujercita dócil que estudia la Biblia. Él aún recuerda los golpes de Erasmo, y a Lidia que se va y lo deja llorando, y vuelve a pegarle a su

esposa con fuerza, recuerda los salmos de la Biblia y grita: «
¡Hay mujeres que buscan a Dios cuando ni siquiera el diablo
quiere saber de ellas!».

TRANSGRESIÓN

*C*arla despertó sobresaltada, de la tierra salían muchas moscas, gritó, reprendió todo a nombre de Jehová, recordó el Apocalipsis, volaban las moscas, los gusanos se convertían en ellas, en aquel parque infantil o antiguo cementerio. Se levantó de su cama y salió a caminar, la noche estaba oscura y la luna no daba señal de aparición. Siempre tenía el mismo sueño y al despertar miraba el cuadro de su bisabuela colgado en la pared de la sala que daba a su cuarto; pero esta vez no pudo verla, la luna no le enviaba la luz como de costumbre y ella sólo sentía una inmensa necesidad de salir a la calle. No soportaba la casa, ni el temor por las moscas y los gusanos. ¿Sería verdad que el parque infantil era antiguamente un cementerio? Cada vez se repetía el sueño con más frecuencia y despertaba atormentada y los vecinos se alarmaban por los gritos.

Según Domingo, María la abuela de Carla era sonámbula y salía en las noches guiándose por la luna, con una bata larga, y a veces se le oía llorar; pero nadie se atrevía a preguntarle al padrastro de la abuela sobre lo que le sucedía. El padrastro era un hombre de muy mal carácter, hacendado, dueño de hombres y de bestias. La abuela de Carla tendría unos tres años cuando su madre se casó con ese hombre, que enviudó unos trece años más tarde. La muchacha quedó huérfana con apenas dieciséis años, pero era ya toda una mujer. El padrastro se quedó con la tutela de la joven y era muy celoso, decía que a la muchacha no se la manoseaba nadie. Cada noche los gritos de la joven estremecían los alrededores, nadie preguntaba, temían ser expulsados de la tierra del hacendado.

Carla tendrá que recibir tratamiento psicológico, ha dejado de peinarse y se le escucha cantar en las altas horas. Se despertó exaltada nuevamente y comenzó a caminar en la noche rumbo al parque infantil, sintió pasos y alguien la abrazó fuerte, un hombre vestido de traje y sombrero negro, con un lunar grande al lado de la boca. La tiró al suelo, le quitó las ropas, le abrió las piernas besando con delicadeza, hasta que sintió el orgasmo de la muchacha con súbitos temblores, luego le hizo el sexo endemoniadamente. Se levantó y se perdió en la oscuridad dejando en su mano una pequeña llave. Ella, con dolores en todo el cuerpo, huyó a su casa, lloró la noche entera y al amanecer estaba sobresaltada, temía y a la vez deseaba ver nuevamente a aquel hombre que la había hecho disfrutar los caminos sexuales de la noche, el ímpetu gozoso de la carne. Apretaba aún su mano, aferrada a la llave, la miró y pensó: ¿Para qué me sirve? Recordó que nunca había podido abrir el baúl de la abuela, ninguna llave lo abría, se acercó a la cerradura y con ira lanzó la llave al piso. Llegó la noche, se acostó a dormir y nuevamente se despertó exaltada con el sueño, eran los gusanos que salían de la tierra de aquel parque infantil, o antiguo cementerio, según le contó su abuela. Gritó y al despertar pensó en la llave, la tomó del suelo y fue hacia la mesa donde se encontraba el baúl; en cuanto la llave entró en su orificio, se abrió como la luna que daba sobre la foto de la abuela. Dentro había joyas, un par de candelabros, una carta en la que decía: «...Soy una triste mujer, tuve otro hijo y me vi obligada a asfixiarlo la noche en que nació, porque mi padrastro no quería un hijo de una mujer mundana, y lo enterré en el parque infantil».

Había una foto dentro de la carta, donde un hombre de traje y sombrero negro, con un lunar grande al lado de la boca, abrazaba a una mujer y a una niña de mirada alegre, por sus ojos, creo que era mi abuela.

RESERVORIO

La nueva ley era enterrar a los hombres vivos, de pie. El último que enterramos ese día nos dijo: — ¿Y por qué no nos ponen una musiquita? Me volví hacia mi compañero de trabajo: — ¿Y para qué ellos querrán una musiquita? —Quizá se vayan caminando por el fondo —me respondió.

EL MURO, UNA MUJER Y EL TIEMPO

Aquella voz, que recordaba la muerte,
no venía de muy lejos.
La muerte del heraldo.

Diusmel Machado

Amanda ha perdido sus piernas, ahora tiene que hacer sus necesidades en una cuña, en un cajón que le ha inventado su sobrino: a qué se reduce aquella mujer que jugaba con el dinero, que hacía fiestas con invitados importantes de la farándula y hoy se encuentra ciega en el hospital, en la sala de medicina donde los baños son bisexuales y lo mismo haces tus necesidades y un hombre al lado las suyas o fácilmente te bañas y en la ducha de al lado, aunque no tiene puertas, un hombre se baña; porque un hombre en la sala de Medicina de este hospital, deja de ser un hombre sexual para convertirse en enfermo. Amanda escucha una voz masculina y se sorprende, ella no se adapta a este sistema, es de esas mujeres que le ponen agrio el hígado a cualquiera; le grita constantemente a Lucía, la mujer de su sobrino, quien recibe una pensión del Estado por cuidarla y vive con ella, con sus miserias que danzan en la ceguera que hoy la martiriza, porque no puede siquiera apreciar la limpieza de su casa; otrora Amanda era muy exigente con sus criados y ahora alimenta en su interior un fibroma, tiene piedras en los riñones y una diabetes para completar la trilogía. Su vientre no dio vida nunca a un hijo, varias interrupciones de embarazo fueron la salida que Amanda buscó a su vientre fértil, al mismo vientre que antaño disfrutó de una delicada belleza y sensualidad, que en su época la hizo sobresalir entre las demás jóvenes; usaba los zapatos de tacones que le gustaban, hoy un zapato es la causa de su mutilación, un par de mocasines que la había fascinado en una vidriera, al comprarlos le quedaron chiquitos: pero ella era persistente, una peladura en su pie comenzó a hincharlo y ella ya no veía bien como para darse cuenta de que su pie se ennegrecía. Hubo que cortarle un pie y seguir cortando su pierna hasta el mismo muslo, y luego la siguiente, hasta verlas desaparecer para siempre y ser devoradas por el fuego en el crematorio. Amanda se apoya con las manos y vive en esa silla de ruedas desde donde grita y quiere que todos corran, ser la mujer que daba órdenes y disfrutaba pagar criados y tener una finca y los hombres que quería en su cama. Se dice que hizo sufrir a algunas mujeres de su pueblo, los hombres enloquecían por ella. Hoy está en este hospital y alguien aprovecha que su acompañante se fue a la ropería, para acercarse y decirle:

Amanda, tú que tenías tu casa tan limpia y ahora las telarañas la florean y tú eres un desastre, ese pelo de canas grises y grasosas, esa ropa descosida. ¡Pareces un traste!... Amanda quiere responder con ira, gritar imprecaciones; pero la voz se escapa de su lado y sale por el baño que da al otro cubículo. Cuando regresa la mujer de su sobrino, Amanda la coge contra ella: — ¡Puerca! ¿Para qué te pago si no me arreglas, y dices que me mantienes bonita? ¡Desnaturalizada!

—Oiga, usted se equivoca, pregúntele a su hermana. Yo la cuido a usted y la mantengo arreglada. ¿Quién le ha dicho eso? La presión de Amanda sube, su cara enrojecida va a estallar de ira, prosiguen sus vituperios y maldiciones: — ¡Desgraciada! Tú estás conmigo por quedarte con mi casa, con todo lo mío, lo que quieres es que yo me muera, quizá no me das ni mis pastillas. — ¡Pero, Dios mío! ¿Quién le dijo eso? ¿Usted se ha vuelto loca? El personal médico se acerca, le ponen un sedante. En un aparte, le preguntan a Lucía: — ¿Ella ha reaccionado así en otras ocasiones? —No, nunca. ¿No será la enfermedad? ¿Cuándo le van a operar el fibroma? ¿Qué harán con su riñón? —Nada, no se puede hacer nada. Con esa diabetes, sería una muerte segura. Hay que seguir con el mismo tratamiento.

Amanda duerme tranquila, descansa. Llega la noche y comienzan a repartir la comida, Lucía sale al pasillo a buscar la ración de su enferma. Entonces llega otra vez la voz, se aprovecha de la situación y la despierta: —Amanda, ¿te acuerdas de Gilberto? ¿Aquel hombre de pelo negro y cejas anchas que te amó y sufrió mucho por ti?

La enferma quiere volver los ojos, descubrir de dónde viene el susurro; pero el dolor no le deja hacer movimiento alguno. —Pues, se ahorcó el día que no lo viste más y ahora te persigue su espíritu, ha dicho, antes de morirse, que te llevaría con él, poco a poco, pedacito a pedacito. Primero los dedos, después los pies, luego las piernas; y ahora Gilberto te quiere arrancar el vientre, entra sus dedos en tu vulva, hasta el vientre fastidioso donde su hijo no pudo vivir, el hijo que le mataste, el hijo de Gilberto que está sentado a tu cabecera y te mira, te está mirando en este momento, quiere acariciarte, a su madre, a la maldita madre que lo hizo volverse un ángel. ¿No sientes sus alas sobre tu cara?, ¿el olor de la sangre, el llanto de la extirpación? Amanda suelta un grito, se arranca el suero recién puesto por la enfermera. Todos corren, se ha lanzado de la cama gritando: ¡El niño!, ¡el niño me ha mordido! ¡Cuidado con las uñas! ¡Cuidado!

La levantan, sangra, los muñones que le sirven de apoyo son un conjunto morado de flecos colgadizos. Lucía corre en busca del médico, nuevamente la voz se aprovecha, y entra en los oídos de la enferma:

— ¿Ahora ves el muro blanco con la cruz escarlata? Detrás está la casa, allí están las manitos pequeñas y tus pies. Gilberto guarda tus piernas, por la tarde las saca a pasear. Todos le dicen que unas piernas moradas no son de buen gusto. Ayer vi cuando las tenía recostadas al muro, y un perro las orinaba.

Amanda quiere soltar un último grito, pero es tarde ya. Se ha dejado caer contra el muro. Nadie, ni siquiera un perro volvería a orinarla.

SORPRESA

La mujer se paró en el balcón, y gritando a viva voz dijo a todos los que miraban que ella era puta porque le daba la gana. La explosión de su cabeza al caer contra la acera sorprendió a los vecinos, alguien dijo: —Ella nunca se casó. Creíamos que era virgen.

*T*omaba ron desde niña, a todos los hombres los traicionaba, la habían querido matar varias veces. Era bonita. Se casó con un ciego presidiario que se sacó los ojos él mismo para que le dieran la libertad, le habían pedido veinte años por asesinato. Ella había escogido aquel hombre porque podría traicionarlo a su antojo. Y así fue hasta la noche en que una cuchilla de afeitar, en las manos ciegas, le marcó todas las traiciones de su vida.

ENUNCIACIÓN DEL HIJO

Ella sentía terror por las arañas, de sólo verlas se estremecía y sentía sobre su cuerpo los bichos peludos caminando. La abuela le dijo que las arañas le saltaban a la gente y que se viraban patas arriba para picar. Odiaba a esas arañuelas brujas. Un día se levantó y se miró al espejo: el pelo lacio, trenzado en ocho haces negrísimos, les recordó a sus enemigas. La golpeó una sorpresa terrible, sintió ese miedo casi espanto cuando vio que de su nariz colgaban telarañas, y que muchos de aquellos bichos saltaban de sus adentros, de sus fosas nasales, a descubrir el mundo. El terror la recorrió de arriba abajo.

Cayó en estado de coma, los médicos buscaron en sus órganos, le hicieron todo tipo de pruebas, biopsias en sus pulmones y en el hígado. Pincharon sus riñones como para que las malditas arañas salieran; pero todo fue en vano. Sin embargo, a ratos salía alguna araña exploradora por la nariz, a conocer el tiempo o a morir en el techo por un golpe de escoba, asestado por quienes no veían que una tela de araña es también una obra de arte.

Desde niña padecía de asma, ahora se encuentra exánime sin verse en el espejo, sin ver el reflejo inhumano de su nariz columpio. Los médicos continuaron con la búsqueda y encontraron sus tripas revestidas de tela de araña y el corazón cubierto de la seda fina. La enfermera jefa se desmayó y los doctores se impresionaron tanto que llamaron a un equipo de científicos de la capital. Cuando la bajaron de la camilla, más de un centenar de arañas salían por sus huequitos respiratorios, los médicos huyeron despavoridos. Ella despertó y comenzó a tejer una casa con el hilo que salía de sus dedos.

La habitación quedó impenetrable, los cristales no dejaban ver nada desde afuera, trataron de introducir mini cámaras para ver lo que sucedía dentro, pero todo esfuerzo era inútil. Ella tejió con sus manos una hamaca de seda fina, era un trabajo inmejorable, hecho por la más sabia artífice. La colocó en el centro del cuarto, justamente debajo de la lámpara de bronce con sus bombas de cristal azul. Se desnudó, y se acostó en la hamaca. Un sueño plácido la invadió. Con los ojos entrecerrados, vio cómo por la cadena de la lámpara bajaba del techo un enorme arácnido macho. Sintió, al mismo tiempo, que sus brazos, sus piernas y el cuerpo todo se encogían. Se sintió más pequeña y ligera. Sus cabellos negros se trenzaron en firme, y quedaron convertidos en ocho patas, que podía mover incisivamente, como deseando ser penetrada por el amante recién llegado. Él acabó por encimársele, entró en deseos, la poseyó como sólo pueden hacerlo los machos de su clase. Ella lo aceptó con estremecimientos, de inmediato su barriga comenzó a crecer, crujió, se escuchó una fuerte explosión, la hamaca de seda se cubrió de sangre. Sobre la hamaca, una niña recién nacida abrió los labios para llorar. La araña macho comenzó a chupar los pequeños charcos de sangre. El olor atrajo a un pequeño grupo de sus semejantes, luego bajaron por cientos desde el techo, se dejaban descolgar de la lámpara, bebían abundantemente del líquido rojo, sin percatarse todavía de la presencia de la niña. Tenían las barrigas hinchadas cuando la luz de las bombillas se esparció en la habitación, entonces divisaron los ojillos radiantes de la niña que las miraba animosamente, como si fueran de juguete. Con cuidado, se acercaron a ella. Olieron la sangre fresca, y levantaron las patas en señal de júbilo.

Estaban a punto de abalanzarse sobre la presa, cuando un fuerte estruendo echó la puerta abajo, varios hombres vestidos de negro irrumpieron con unas grandes mangueras que chorrearon un humo ácido por toda la habitación. Las arañas caían bocarriba, muertas. Una mujer, con el pelo largo y atado en ocho trenzas, entró llorando y abrazó la niña contra su cuerpo, la besó tiernamente y cayó muerta, bocarriba.

AL FIN SOLOS

El hombre le decía a todo el mundo que había matado muchas mujeres. Esa mañana decidió visitar a su hijo de siete años, en la casa de la abuela que lo criaba. Apenas llegó, le dio un abrazo y un beso al niño, y la vieja puso a hacer el café. El hombre comenzó a contar que él había dado muerte a muchas mujeres porque todas eran perversas, y el niño sintió temor de que le hiciera algo a su abuela. Al tiempo que la abuela le alcanzaba el café, el hombre cayó derribado por un golpe imprevisto, su cabeza manó un chorro espeso y el bate de jugar pelota cayó de las manos del niño sobre la taza hecha añicos. Entonces tocaron a la puerta. Dos médicos y una enfermera buscaban a un paciente que se les había escapado del hospital psiquiátrico.

APOCALIPSIS O MAL SUEÑO

La playa tenía manchas negras. La gente se bañaba sin preocupaciones, y nosotros nos recostamos al alto muro que habían construido a la orilla de la franja de arena. Una ola inmensa nos pasó por encima, lanzándonos contra el muro: quedamos por debajo de ella, pero el agua no nos tocaba. Tratamos de aguantarnos del muro, pero los brazos se nos habían pegado con la gelatina negra. En un supremo esfuerzo, logramos liberarnos y te dije: —Aguántate fuerte, tal vez cuando regrese de la tierra no nos trague.

RECONCENTRACIÓN

Tengo un serio problema con la concentración, si estoy viendo una novela y una mujer llora, comienzo a dar gritos a la par de ella, me da un sentimiento que se me oprime el pecho y siento que se me va el alma, y si a mi esposo le da la idea de cambiar de canal el televisor y pone un canal con juegos deportivos, donde dos fuertes boxeadores se arremeten a golpes, en cuanto veo el primer piñazo, en un remolino de golpes ahuyento a la familia que se junta al lado mío, por aquello de la unión, la paz y la convivencia familiar, aunque todos preparados y con muy buenos reflejos por si les suelto un manazo.

La otra noche mi esposo puso una película de misterios, y en cuanto vi la primera escena, mi concentración fue veloz y me creí ser la mujer que perseguían, a cada rato miraba a los lados y si las cortinas se movían, de inmediato, yo saltaba; pero lo peor fue cuando salió el asesino con unos guantes negros, brillantes, y se le acercó a la mujer y ella estaba dormida en la cama y él acechando, casi listo a realizar el homicidio: sigilosa, busqué los guantes que utiliza mi esposo para manejar la moto, estaban en la mesita de noche, y me le acerqué lentamente, le puse mis manos al cuello y apreté duro, de pronto, hasta estrangularlo; miré al televisor y vi que el hombre estaba encima de la mujer haciéndole el sexo fieramente, y ella diciéndole —qué iniciativas las tuyas, siempre me sorprendes con una nueva fantasía, —y yo quise entonces hacer el amor como ellos, pero ya mi esposo estaba muerto.

VOY AL CANELO

Yo le di el arma homicida, aún recuerdo el sonido de su cráneo contra el hierro. No logro conciliar el sueño. Mi vista se nubló por el polvo o por el miedo. Si no le daba con qué defenderse lo iban a matar, eran unos cuantos, contra el Águila, —así lo apodaban— y traían unos cuchillos como para descuartizar a un caballo. Yo vi los rugidos intensos de la muerte. Se me heló el cuerpo, por el terror que produce la raza hombre. Eran como lobos sangrientos tratando de sacar sus vísceras para adornar la valla de gallos, cachorros convertidos en verdugos. Envidiaban su mano, la buena suerte para los juegos del azar.

Lanzaban piedras con violencia, parecían meteoritos, cocos en tiempo de ciclón. Vi los guerreros ardientes que me vieron cruzar entre su embestida de pedradas y no se detuvieron. No pensé en la impiedad, sólo vi que nadie se acercaba a defenderle y acudí con la fiebre o el valor que siente una mujer que no teme a la horda, ni a los sudores de la muerte. Un tubo de metal sería su salvación, se lo puse en la mano. Rápido, como quien descubre una salida, enmudeció la euforia, penetró los huesos de sus atacantes. Entre el polvo y la sangre todos los carros se marchaban, él seguía vivo, pero los aullidos de la muerte vigilaban sedientos a todos los demonios.

Era la primera vez que yo iba a una valla; los gallos finos cantaban, parecía una feria, desde luego prohibida. Había de todo para comer, y en el lugar se parqueaban carros de provincias cercanas. Escuché un comentario entre dos mujeres, vendedoras de ron: —Llegó el Águila, siempre con una puta distinta.

— ¡Qué seriedad! ¿A quién quiere ella engañar?, porque todo el que viene aquí lo que quiere es buscársela.

—Trae tremenda cadena en el cuello ese macho, con ella bien puede levantar una bicicleta por el timón, de seguro que vale mucho dinero.

Los pregones se dejaban oír por doquier:

— ¡Coge tu cerveza cristal aquí, por sólo 30 baritos!

— ¡Ven, que tengo unos pollos fritos especiales!

— ¡El buen pavo en fricasé!

— ¡Compra tu línea de ron, con teta incluida!

—Chicles, caramelos.

Tres jóvenes se dedicaban a un juego del azar, en el que siempre ganaban, y para llamar la atención de los otros decían: —Ven a jugar a la chapita, prueba tu suerte, si pierdes yo te doy una oportunidad y si ganas te pago. Es fácil, tienes que adivinar debajo de cuál chapita está la bolita, mira cómo viene, la paso por aquí, la paso por allá, levanto, y aquí está.

El jugador dejaba entrever debajo de cuál chapa había situado la bolita, para que la gente se animara a apostar. Uno de sus socios (secretos) se ponía a jugar como carnada, y ganaba dos o tres veces seguidas, apostando en falso un dinero que el otro perdía a propósito. Y siempre caía algún infeliz en la trampa.

—A ver, déjame probar ¡está allí en la segunda! —dijo la amiga que me acompañaba.

—Sí, es verdad, ¿vas a jugar? —le respondió el jugador.

Y mi amiga iba ya a hacer su apuesta, cuando yo me interpuse. Y el Águila, que estaba cerca, también nos apartó de ahí.

Los jóvenes traían además una mesa para jugar dados. Se comentaba que los dados estaban cargados a su favor. En las mesas de juego, algunos maldecían su suerte y otros gritaban de júbilo con un buen tiro.

Las mujeres vestían de un modo demasiado suelto, con poca ropa y los sujetadores en casa. Entre la cerveza y el ron, alguno que otro le daba una nalgada a la hembra que compartía con él. Muchos se perdían en la manigua a disfrutar las bondades de las mujeres asiduas al lugar. A ratos estallaba la impertinencia de los gritos de alguna de ellas, para demostrarse fogosa ante los demás y conseguir una línea de ron o vender el que ellas llevaban, detrás de los árboles se escuchaba: — ¡Dámela toda Papi!

Cuando llegaba la tarde ya las vendedoras de ron se encontraban borrachas porque les decían a los compradores.

—Compra uno para mí que yo también tomo.

Luego ellas se le pegaban para que los clientes pudieran mirar para el escote de la blusa y ver la mercancía que estaba a la venta. Con una buena propuesta la mujer guardaba el ron y el vaso que usaba de medida y se acostaba en la hierba con el mejor pagador.

Las palabras obscenas completaban el jolgorio.

— ¿Quién apuesta conmigo? ¿Quién es el gallo que gana aquí?

— ¿A cuál tú vas?

—A plumi prieto.

—No yo también voy a ese. Mira la cresta que tiene.

— ¡Voy al gallo cenizo! Trescientos a cuatrocientos por el gallo cenizo.

—Yo, que voy al indio. Cerrada la apuesta. Vamos a anotarnos.

—Prepárate pa soltar la plata.

—Estás loco papá. Aquí yo me la llevo toa.

—Dale, pica, mi gallo.

—Clávasela coñoooo. Dale gallo singao.

Los gallos se abalanzaban uno sobre el otro, se clavaban las espuelas y la sangre manaba y humedecía las plumas, los ojos de los animales estaban semicerrados por los espuelazos, esas espinas que les colocaban los galleros para que se arrancaran la existencia, cada embestida le proporcionaba un grito a los jugadores, que bebían ron, nerviosos en espera del gallo ganador.

El gallo cenizo estaba sin fuerzas y el indio seguía dándole aguijonazos; el cenizo había hecho un charco de sangre que se mezclaba con el polvo que levantaba con sus alas; se acaban sus ímpetus, el indio brincó para dar su golpe final y el cenizo, de súbito, saltó con su última energía y le clavó su espuela en el cuello: un grito de perdedores se escuchó en la valla. El Águila entró y le dio un beso a su gallo cenizo, jurándole que nunca más lo iba a pelear.

A Esmérido le dio por comentar:

—Qué mala gente es Alipio, le dije que yo le pagaba la entrada a la valla después de las apuestas y no quiso, como si yo no pagara, es una basura. Nadie gana más que él aquí, si to los vendedores de comida tienen que pagarle pa vender. Y ahora está diciendo que va a cocinar, que va a vender comida, ¡no se conforma el muy fanoso! Era una forma de disimular que había perdido.

En las mesas de dados, se escuchan discusiones, palabras coléricas. Se produce una resonancia hostil. Hay una ovación cuando el Águila quiere defender a un viejo al que maltratan, no querían pagarle y lo humillaban. Los dueños de la mesa; que antes jugaban a la chapita y la bolita; injuriaban al anciano, les interesaba el endiablado dinero más que la vergüenza. Sin embargo, el Águila con buenos modales, correcto y buen pagador, les advierte:

—Tienen que pagarle, esto aquí es de ley, la mano es la mano.

—Oye, Águila, no te metas en esto, porque te la cobramos a ti —le replica uno de los revoltosos.

—Pues yo no tengo miedo. Yo soy un hombre, de los gallos que cantan en cualquier valla. Si estoy defendiendo a este viejo es porque es un infeliz; pero me sobra valor con el que sea. ¿Qué es lo que ustedes quieren? ¡Arriba! ¡Se armó la bronca! Ni tranca. No crean que yo soy manso.

La gente los separó, el Águila era un hombre muy querido, y había ganado mucho dinero ese día, pensaba que era su día de suerte. Me había contado que tenía a su esposa embarazada, y que ya le había parido unos mellizos muy saludables. Que disfrutaba de una finca que le había dejado su padre al morir, con unos cuantos animales; pero los robos le hacían difíciles las cosas.

A la hora de irme, escuché que comentaban: —Lo están esperando para encuadrillarlo, y esos tipos no son fáciles, no tienen miedo—; Pero nadie le avisaba al Águila, y yo sentía una especie de asfixia.

Entre todo el rebaño de galleros, nadie tuvo valor: palidecían como cabras, comiéndose las uñas, sonrojados, huían nerviosos. Los vi avanzar para matar al Águila y supe que el hombre nace y muere, que la vida es sólo un instante sobre el suelo y salí acorrer; ya las piedras estaban cayendo sobre él, eran una pandilla. Desafíe el rugido del monte. Salvé la vida de un hombre, pero le hice cargar con la muerte de otro. Derribó al primero y lo dejó sin sentido y luego a los que seguían; hice detener un carro y llevarse los heridos al hospital. Pasaron los días y la muerte logró su objetivo, el sonido del cráneo fue como una palma seca cuando cae, nunca lo olvidaré. Aquel hombre no pudo con los coágulos de sangre. El arma homicida tenía mis huellas digitales, aquel tubo lleno de óxido tenía el sudor de mis manos, el líquido lleno de miedo.

Cada historia encierra un muro, una nostalgia tras las rejas. En la cárcel, el Águila canta una canción y un guardia le avisa que su mujer ha parido, que son mellizos y que muy pronto vendrá a verlo para concebir los próximos. El Águila se mezcla con los demás presos, no olvida que una mujer le salvó la vida, piensa en ella, aunque no la vio más, y parece que nunca irá por allí, su misión había sido simplemente protegerlo del destino. En la noche escucha una conversación de tres presos, sobre un plan que existe fuera para envenenar la merienda de una escuela.

Un remolino se forma en la cabeza del Águila, piensa en sus mellizos, en los tantos niños que pueden sentir cómo sus tripas son traspasadas por el veneno. Sin pensarlo más, agarra su cuchara afilada, la limpia sobre el brazo derecho y se corta una vena, saca las manos por los barrotes y da un grito; los guardias acuden enseguida, lo sacan con urgencia para el Hospital. Un rato después, el preso pide que lo dejen hablar con un oficial, que tiene algo importante que advertirle. De inmediato se movilizaron y atraparon los asesinos, el Águila salvó muchas vidas infantiles. Desde ese día comencé a dormir tranquila, y el arma homicida fue desapareciendo de mis sueños.

Alguien que nos espera allí
donde no vamos...

Luis Rogelio Norgueras

ÍNDICE

OTROS TITULOS DEL AUTOR

Meditación del cuerpo (2005)

Ciudad para Giselle (2005)

Antología Oral Traumática

y Cósmica en las décimas de Odalys Leyva (2005)

Crónicas de las pirámides del fuego (2006)

Presagio que intimida las raíces (2006)

Presagio que intimida las raíces (2006)

Carta Lirica (2006)

Convicta de la gloria (2007)

Diálogo sagrado de las vírgenes (2008)

Pacanda (2008)

Los Césares perdidos (2009)

Antología de la poesía erótica de Odalys Leyva, (2009)

Controversia y aplomo, (2010)

Los Guevos de Machu Picho,

teatro malárico y otras representaciones, (2010)

Antología Cuatro poetas de Oriente (2011)

Sonetos a la Buena Muerte (2011)

Antología de Sonetos Oral Traumáticos (2012)

Cuatro voces y un concierto, (2012)

Fundiendo sus voluntades (2013)

El Apocalipsis no niega las palomas (2014)

Fantasmas Insulares (2014)

Crónicas naturales (2014)

Controversia y Aplomo (2014)

Parnaso de la Glosa Cubana (2019)

Perversas mujeres contra el muro, (2020)

Embestidas de la piel, (2020)

Los cesares perdidos (2020)

La venganza del contrario; (2020)

Que Dios los perdone, (2021)

Las dagas del exilio, (2021)

Seducción y poder (2021)

Maldiciones de mujer (2021)

El apocalipsis no niega las palomas (2021)

La lengua es un siglo oscuro (2021)

Convicta de la gloria (2021)

Ciudad para Giselle (2021)

Embestidas de la piel (2021)

Fantasmas Insulares (2021)

Dolores para olvidar el sueño (2021)

Meditación del cuerpo (2021)

Sortilegio del cuervo (2021)

Fiebre de otoño (2021)

Diálogo sagrado de las vírgenes (2021)

Presagio que intimida las raíces (2022)

DATOS DE LA AUTORA

Odalys Leyva Rosabal: San José de la Plata, Cuba (1969), Máster en Ciencias, Aspirante a Doctora en Ciencias Pedagógicas. Presidenta del grupo internacional «Décima al filo» y del grupo de «Poetas y Escritores Universales»" para Cuba (2021). Ha publicado más de treinta libros en Cuba, México, España, Venezuela, Estados Unidos y Panamá.

Ha recibido invitaciones, publicaciones de libros y promociones de su obra por el Frente de Afirmación Hispanista de México, A.C. (2005-2021). Ha obtenido premios y reconocimientos por varias instituciones culturales de Cuba y del mundo.

Cacique Turquino
Fundación Editorial